Ursula W Ziegler

Ayasha
Geschichten & Gedichte
Sammlung

Erzählungen aus der Reihe
Geschichten, die Dein Herz berühren.

AF176323

Ursula W Ziegler

Lebensberaterin, Heilerin, Medium
Geschichtenerzählerin, Autorin:

„Geschichtenerzählerin" ist Ursula W Ziegler schon von Kindesbeinen an. Mit der Jahrtausendwende begann sie die Geschichten, die ihr das Leben zuspielte, aufzuschreiben, sowie in Form von Bildern Ausdruck zu verleihen. In ihren Beratungen und Workshops bringt sie ihre Fähigkeiten und ein holistisches Bild des Lebens ein.

Das Leben führte Ursula W Ziegler über mentale Techniken und den Tzolkin (Maya-Kalender) in die Bereiche der Energiearbeit, des Bewusstseins und zur allumfassenden Liebe. Ihre wesentliche Stärke ist, Menschen und Situationen mit dem Herzen aufzunehmen und mit dem Geist zu erfassen – in Klarheit und Achtung vor dem Leben. Sie führt dabei den Menschen zurück in die Harmonie, in seine Liebe.

Ursula W Ziegler

Ayasha
Geschichten & Gedichte
Sammlung

Erzählungen aus der Reihe
Geschichten, die Dein Herz berühren.

Bibliographische Information der Deutschen Nationalbibliothek:
Die Deutsche Nationalbibliothek verzeichnet diese Publikation in
der Deutschen Nationalbibliographie; detaillierte bibliographische
Daten sind im Internet unter http://dnb.dnb.de abrufbar.

Kontakt zur Autorin
erhalten Sie über die Webseite juZiegler.de

ISBN: 978-3-7528-6293-5

Hinweis wegen Änderung des Titels:
Dieses Buch erschien bereits unter dem Titel „Geschichten, die Dein
Herz berühren – Sammlung", ISBN: 978-3-7460-3539-0.

Titelbild: Ausschnitt aus Impressionen by Ursula W Ziegler (2012)
© 2012 Ursula W Ziegler
Autorinnenbild: Yvonne Diedrich
Covergestaltung: Jan-Christoph Ziegler
Satz & Layout: Jan-Christoph Ziegler
Lektorat: Martina Seibel, Astrid Rahlfs
Herstellung & Verlag: BoD – Books on Demand, Norderstedt

Für die Liebe,
die gelingt!

Vergiss die Liebe nicht,
sie ist das Einzige, das zählt.

Tulipa

GESCHICHTEN & GEDICHTE ÜBERSICHT

VORBEMERKUNGEN
DER AUTORIN

Das Leben schreibt Geschichten und ich höre zu.

Mancher, dessen Geschichte ich wahrnehme und erzähle, erfährt erst durch meine Erzählung, wie es hinter seinen Kulissen aussieht *und*, dies ist wohl das Primäre dabei, dass es *immer* eine andere Sicht der Dinge gibt, die einem selbst oft verborgen bleibt. Meist steckt man zu sehr in seinem Alltag und ist somit von dem Wesentlichen abgeschnitten.

Im Laufe der Zeit entstanden Geschichten, wie die, welche hier in der Sammlung *Ayasha – Geschichten & Gedichte* zusammengetragen sind. Meine Geschichten wollen in erster Linie unterhalten und vielleicht den Blick für das »Dahinter« des eigenen Lebens öffnen.

Gäbe es keine Geschichten und Märchen, in denen der Verlauf der Geschehnisse und der Zeit erzählt würde, wie es ist und wie es sein könnte, würde Farbe fehlen, im Leben jedes Einzelnen.

Eine Geschichte will unterhalten, vom Alltag etwas ablenken, erbaulich wirken und verzaubern. Sie will in eine Welt entführen, die es meist nur in der Fantasie gibt. Doch dort ist das wirkliche Leben zu Hause und Realität.

Durch meine Arbeit darf ich Teile von so manchen (Lebens-)Geschichten miterleben, und da es mir leicht fällt, diese Lebens-Geschichten abzuwandeln und zu Papier zu bringen, entstehen immer wieder neue Geschichten. Es ist stets faszinierend, den ständigen

Wechsel innerhalb eines Lebens und einer Geschichte zu erleben – mal Dur, mal Moll, mal voller Dramatik, mal voller Heiterkeit.

So habe ich auch erfahren, dass es *immer* ein Licht gibt, mag der Weg auch noch so dunkel oder lang sein.

In meinen Werken sind die Personen frei erfunden, genauso wie manche Handlung oder mancher Dialog. Manche Dinge werden bewusst übertrieben und andere wiederum herab gespielt, ohne die Aussage zu schmälern oder zu verwässern.

Was bleibt, soll zum Nachdenken anregen, unterhalten und auch dabei unterstützen das Licht auf dem eigenen Weg zu erkennen.

Die Bedeutung der verwendeten Namen sind am Ende des Buches aufgeführt.

Ursula W Ziegler

≈≈≈

Darf ich Vati zu Dir sagen?

Falk wunderte sich nicht, als er zum ersten Mal die Stimme eines Kindes hörte, – mit unglaublich viel Festigkeit und Bestimmtheit wie bei einem Erwachsenen und mit sehr viel Selbstsicherheit. Er glaubte auch eine Spur Weisheit herauszuhören.

Seit er mit Gina zusammen war, hatte er viele seiner Weltbilder über Bord werfen müssen. Er erlebte durch sie, dass die Welt der Mystik überhaupt nicht so mystisch war. Jedenfalls wusste er durch Gina, dass alles eine eigene Sprache hat, auch Pflanzen, was er selbst schon erlebt hatte.

Die feine, feste Stimme meldete sich wieder: „Ich würde dich gerne Vati nennen. Darf ich?", fragte sie.

Falk war Ende dreißig und wurde zum ersten Mal Vater. Er hatte es sich gewünscht, genau wie Gina, obwohl jeder von ihnen vielleicht einen anderen Beweggrund hatte. Um Gina nicht zu wecken, sagte er leise: „Ja", und nach einer kurzen Pause, „schön, dass du da bist, ich freue mich auf dich."

„Oh, ich freue mich auch, dir bald in die Augen sehen zu können. Aber hin und wieder habe ich das Gefühl, du hast Angst vor mir und möchtest, dass ich noch nicht da wäre."

Falk überlegte kurz. Ohne dass er das Wesen sah, wusste es sehr gut Bescheid. Also, dachte er, hat das Schwindeln hier keinen Zweck. „Ja, du hast recht", sagte er daraufhin. „Ich habe Angst! Obwohl ich wollte, dass du da bist, geht es mir fast zu schnell. Doch, wenn ich es mir überlege, auch wieder nicht. Manchmal denke ich, ich bin schon zu alt für dich und ich weiß nicht, ob ich noch Geduld genug für dich habe, um dir alles beibringen zu können, was du wissen musst."

Eigentlich kam er sich ein wenig albern vor, ein Gespräch mit einem unsichtbaren Wesen zu führen. Er fühlte sich zwar sehr wohl, seit die Stimme da war, fast als hätte das ganze Zimmer eine andere Energie bekommen, aber ein bisschen komisch war es schon.

„Wie willst du mich nennen, wenn ich da bin?", wollte die Stimme wissen.

„Das kommt ganz darauf an", überlegte Falk laut. „Am liebsten Daniel oder Joshua."

„Die Namen klingen gut", meinte die Stimme.

„Ja, und wenn du dann etwas älter bist, so fünf oder sechs Jahre, dann können wir gemeinsam Fußball spielen oder ich bilde dich im Schwimmen aus. Du musst wissen, dass ich Sport liebe und ich könnte dich so trainieren, dass du zu den Besten gehörst. Nein, was sage ich, dass du der Beste der Welt wirst! Wir könnten viel verreisen und die unterschiedlichsten Wettkämpfe besuchen, an denen du dann teilnimmst." Er redete sich selbst in eine leichte Euphorie hinein. Doch auf einmal war es Falk, als würde das ganze Zimmer etwas trauriger werden. „Was ist?", fragte er unsicher.

Die Stimme meldete sich zaghaft: „Was ist, wenn ich das alles nicht mag und lieber verträumt den Schmetterlingen hinterherlaufe? Liebst du mich dann auch noch?"

Falk beeilte sich mit der Antwort, sodass er sich verschluckte. „Aber sicher, mein Kind." Er musste kurz husten, ehe er weiterredete. „Ich meinte ja nur, wir könnten *gemeinsam* etwas unternehmen, du und ich."

„Ist denn Schmetterlingen und Bienen hinterherlaufen nichts, was man gemeinsam unternehmen kann?", fragte die Stimme immer noch etwas zaghaft.

Falk überlegte: »Schmetterlinge, was soll ich damit anfangen? Ich sammle sie nicht und ich möchte auch keine toten Tiere in meinem Haus aufbewahren.« Dann fiel ihm ein, es war ja noch ein Kind und da war es vielleicht wichtig, mit Schmetterlingen zu spielen.

„Ist es für dich nicht wichtig, den leichten Flug der Falter zu sehen und mit ihnen einen Sommer lang zu träumen? Träumen ist doch etwas für jedes Wesen."

Überrascht und doch wieder nicht, fühlte Falk sich ertappt. „Weißt du", begann er zögernd, „wenn man erwachsen ist, verliert sich manches, und wenn ich es mir recht überlege, dann ist das Träumen eines der ersten Dinge, die verloren gehen. Sie werden nicht als lebenswichtig eingestuft und deshalb zur Seite gelegt." Es trat eine Pause ein.

„Vati", meldete sich die Stimme wieder zögerlich. „Wärst du sehr traurig, wenn ich statt Fußball lieber Klavier spielen würde und statt zu schwimmen oder zu springen lieber die Schauspielkunst erlernen?"

„Aber mein Junge!", entrüstete sich Falk. „Ein Junge muss Sport betreiben, damit er stark wird. Du musst selbstverständlich kein Profi werden, wobei du sehr gut verdienen könntest, wenn wir uns etwas Mühe geben."

Falk besann sich plötzlich. Er selbst war nie Profi und stark. Na ja, ein Schwächling war er nicht gerade, aber etwas mehr Selbstbewusstsein würde ihm nicht schaden.

„Weißt du, Vati", wenn du es möchtest, werde ich mich anstrengen und das tun, was dir Freude bereitet." Die Stimme unterbrach seine Gedanken. „Es würde mir schwer fallen", fuhr sie fort, „aber es würde mir bestimmt gelingen auf das Eine oder Andere zu verzichten oder es nur ein bisschen auszuüben. Und wenn du kein Klavier magst, vielleicht magst du lieber Geige oder Gitarre."

„Hm", machte Falk. Er erinnerte sich an seinen großen Wunsch ins Schulorchester zu kommen, aber von zu Hause gab es nur Geld für eine Flöte. Alles andere wurde als unnötig eingestuft. »Vielleicht«, so dachte er, »wäre ich ganz gut gewesen.« Und als er dann älter war, die erste Tanzstunde hinter sich hatte, war da eine neue Leidenschaft erweckt.

„Vielleicht Vati", unterbrach ihn die Stimme abermals, „vielleicht würde ich aber auch gerne im Ballett tanzen und zeigen, was in mir ist. Wäre dies Sport genug?"

„Jetzt übertreibst du aber maßlos!" Falk war etwas aufgebracht. „Ob das Sport genug ist", sagte er. „Wenn du im Ballett tanzt, dann ist das harter Sport. Tänzer müssen hart trainieren, wenn sie gut im Geschäft sein wollen."

„Muss ich denn gut sein, Vati?", wollte die Stimme wissen.

„Ja, willst du denn nicht gut sein?", fragte Falk zurück.

„Ich weiß nicht recht", bekam er als Antwort. „Ich dachte daran, dass es mir einfach nur Spaß machen würde, das Eine oder Andere zu tun, aber wenn du willst, dass ich gut werde, dann werde ich mich sehr bemühen, um dir eine Freude zu machen."

„Mir eine Freude machen?", wiederholte Falk, dann versank er ins Grübeln. Er selbst hatte es auch oft so gehandhabt, dass er sich bemühte, quälte wäre wohl der bessere Ausdruck, um irgendeinem eine Freude zu bereiten. Es gab zurzeit nicht viel, das ihm richtig Spaß machte. Gina bemängelte es oft an ihm, aber irgendwie klebte er an den Dingen fest, die ihm keine Freude bereiteten. Sein Job war nur eines davon. Und wenn er sich die schlafende Frau neben sich ansah, nun er mochte sie schon, aber die Streitereien mit ihr zerrten und zehrten ständig an ihm. Das Kind, das in ihr heranwächst ...

»Ich glaube«, dachte er, »wir haben uns beide ganz schön unter Druck damit gesetzt. Mutter war richtig stolz auf mich, wie schon lange nicht mehr.« Die Spannungen zwischen ihm und ihr, so hatte er jedenfalls das Empfinden, waren seither nicht mehr so stark. Seine Mutter, sie war es auch, die ihn zu so vielem drängte, das er nicht wollte.

„Vati, ich liebe dich so sehr", mischte sich die Stimme in seine Überlegungen. Er hatte sie schon fast vergessen.

Mit tränenerstickter Stimme flüsterte Falk: „Ich liebe dich auch, mein Kind." Warum und wieso Tränen seine Augen füllten, konnte er nicht sagen. Die Erinnerung an seinen Vater wurde jedoch mit einem

Schlag übermächtig. Er hätte es ihm als Kind auch gerne öfter gesagt, aber dazu war er viel zu selten zu Hause. War er dann mal zugegen, war er meist sehr unnahbar. Heute glaubte er, dass die Momente inniger Vertrautheit mit seinem Vater viel zu selten gewesen waren. Oft genug hat diese Zeit dann auch noch die Mutter gestört. Nur, wenn sie beide gemeinsam unterwegs waren, gehörte er nur ihm. Eine Lawine von versteckten Gefühlen überrollte ihn. Er ließ ihnen nur *fast* freien Lauf, denn Gina wurde unruhig neben ihm und er wollte mit allem allein sein.

Lange lag er ganz still in seinem Bett und überließ sich seinen inneren Bildern. Ließ sich zurücktragen zu Kindergartenerinnerungen, die erste große Liebe, die vielen Auseinandersetzungen mit den Eltern während der Schulzeit und der Ausbildung. Viele Freundinnen hatte er nicht gehabt, aber er war ein begehrter und begabter Tänzer, was ihn ein wenig entschädigte.

Warum er an Gina hängen geblieben war, wusste er nicht so recht zu sagen. Er liebte sie, wenn auch nicht so, wie sie es vielleicht gerne gehabt hätte, aber doch so, wie es für ihn ging. Wie lange er schon wach da lag, konnte er nicht sagen und er wollte auch nicht auf die Uhr sehen. Morgens war im Büro nicht soviel los, da konnte er es etwas langsamer angehen. Gerade war er im Begriff wieder einzuschlafen, als sich die Stimme erneut meldete.

„Vati", sagte sie, „bist du traurig, wenn ich mich nur bemühe, ich kann mich auch richtig anstrengen."

„Nein!", unterbrach sie Falk. „Du sollst selbst entscheiden, was du möchtest. Ich habe mich erinnert, dass ich mich auch *bemühte* und *anstrengte* für andere.

Du, mein Kind, sollst das nicht tun. Ich würde mich freuen, wenn du nur das tust, was *du* möchtest und was dir liegt." Nach einer kurzen Pause fügte er hinzu: „Vielleicht kann ich ja von dir lernen, wie das geht – leicht und mit viel Freude zu leben."

„Oh Vati, das kannst du!", rief die Kinderstimme freudig. „Ich werde ganz viel Lebendigkeit mitbringen und Freude am Spiel und", sie machte einen Atemzug lang Pause als würde sie erst überlegen, „und am Träumen, Vati."

Ein Lächeln huschte über Falks Gesicht, das sehr schnell wieder verschwand als die Kinderstimme weitersprach.

„Vati, warum willst du gehen, wenn ich komme? Gibt es nicht genug Platz für uns alle?"

Falk schluckte schwer. Er hatte zwar schon ab und zu mit dem Gedanken gespielt Gina zu verlassen, aber wenn es ausgesprochen wurde, war es doch etwas ganz anderes.

„Ich meine nicht, dass du dich von Mutti trennst, dann wärst du ja noch da für mich, sondern, dass du da hingehst wo ich herkomme."

Wieder fühlte er sich ertappt. Dieses Wesen kannte seine geheimsten Gedanken, vor denen er sich selbst fürchtete und die er nicht wahrhaben wollte.

„Ich kann dich verstehen, dass du dorthin willst", fuhr die Kinderstimme fort. „Es ist wunderschön und einige, die dort sind, kennst du auch, wie Urgroßmama.

Erst wollte ich auch nicht hierher, aber dann habe ich gesehen, dass ich einiges tun kann und bin dann doch gekommen.

Ich glaube, ich würde dich vermissen, wenn du nicht da wärst, Vati. Andererseits, wenn Mutti es mir richtig erklärt, wenn ich größer bin, dann werde ich es sehr gut verstehen und dich dort ab und zu besuchen, wo du dann hingehst."

Stillte trat ein.

»Das Wesen fühlt dir aber ordentlich auf den Zahn«, dachte Falk bei sich. Er fühlte die eigenartige Müdigkeit immer häufiger in sich. Er hatte sein Leben satt. Die Streitereien mit seiner Frau, die Streitereien und Spannungen mit seiner Mutter und auch im Büro war mehr Stress als verträglich war. Sein Herz schmerzte auch sehr häufig; er schob es auf die „Nachwehen" seiner eigenen sportlichen Laufbahn. Sie lag zwar schon etliche Jahre zurück, aber fühlbar waren manche Auswirkungen immer noch.

Klavierspielen lernen, das wäre es doch. Den Tag verträumen, in Konzerte gehen, danach fein dinieren, das würde Spaß machen. Mich dort besuchen, wo ich dann hingehe, schoss es ihm durch den Kopf. »Das Kind hat Ideen!«, dachte er. Obwohl, es soll ja Menschen geben, die das können und die Kinder, die zurzeit geboren werden, sollen diese Fähigkeiten besonders gut beherrschen. Seine Gedanken verloren sich irgendwo im Nichts.

„Vati", Falk erschrak ein wenig, schon wieder hatte er die Stimme vergessen. „Vati", die Stimme wurde etwas eindringlicher.

„Ja", sagte Falk.

„Ist es dir wichtig, dass ich ein Junge bin?"

„Wieso fragst du?", wollte Falk wissen.

„Nun", kam es als Antwort zurück, „vielleicht bin ich auch ein Mädchen. Wäre das schlimm für dich, Vati?"

Falk atmete tief ein. „Absolut nicht", sagte er und überlegte kurz. „Ich glaube die meisten Väter wünschen sich zuerst einen Sohn. Mag sein, dass da ihr Ego stark mitspielt. Aber wenn du ein Mädchen bist", er legte eine kurze Pause ein, ehe er weitersprach, „dann wärst du meine Prinzessin und könntest sowieso tun, was du willst. Dann," –

„Und Jungs dürfen nicht tun, was sie wollen?", unterbrach ihn die Kinderstimme. „Das ist aber nicht fair! So einen Unterschied gab es da, wo ich herkomme, nicht."

Falk konnte förmlich die Empörung des Wesens fühlen, als es sprach. „Ich denke", sprach Falk beschwichtigend, „die Zeit wandelt sich sehr stark und es wird diese Unterschiede bald nicht mehr geben. Ich kann dir aber nicht versprechen, dass ich mich von Anfang an ideal verhalten werde. Ich will mir jedoch redlich Mühe geben und dazulernen, das verspreche ich."

Falk gähnte müde. „Und jetzt", sagte er zwischen zwei Mal Gähnen, „möchte ich doch noch etwas schlafen, mein Kind. Wir können Morgen weiter reden."

„Gute Nacht Vati", sagte die Kinderstimme, „und Vati" – Falk hörte es kaum noch, „ich komme an einem

Sonnen-Sonntag, weil ich ein Sonnensonntagskind bin. Ich liebe dich, Vati."

Falk war eingeschlafen und in seinem Traum flüsterte eine feine Stimme wie aus weiter Ferne: „Ich liebe dich Vati" und ab und zu streifte ihn die Hand eines Engels.

≈≈≈

Gefunden
von Ursula W Ziegler

Vertrauen in die Zukunft ist schwer,
sie ist noch so weit weg.
Vertrauen in mich ist schwer,
ich habe so vieles falsch gemacht.
Vertrauen in andere ist schwer,
zu oft wurde ich enttäuscht.
Vertrauen in Gott ist schwer,
ich finde ihn nicht. – Wo ist er?

Ich habe mich verloren.

Gefunden,

habe ich die Liebe.
Sie macht das Morgen, meine Zukunft, leicht.
Sie lässt meine Fehler zu Erfahrungen werden
und belässt die Anderen so wie sie sind.
Sie zeigt mir Gott in allem, was ich sehe.
Die Liebe –
sie war die ganze Zeit bei mir –
in mir.

Ich habe mich *gefunden!*

Die himmlische Aufgabe

O h, ich bewundere dich so!" Zwei große braune
Augen sahen das Wesen, das vor ihr stand,
aufmerksam an. Sie gehörten Isa, einem Engel aus
Gottes großem Reich. Schon lange weilte Isa dort und
noch immer war sie voll Bewunderung für das Wesen,
das alle Gott nannten.

Gott schmunzelte nur, er war es gewohnt. Jeden
Tag wurde es mindestens einmal in irgendeiner Art
ausgesprochen oder sonstwie zum Ausdruck gebracht,
dass das Wesen Gott verehrt, bewundert oder geliebt
wurde.

Alle redeten dieses Wesen mit Gott an und mit
„du", keiner sagte Herr oder Frau, denn das Wesen war
wohl beides zusammen. Weil es aber leichter in
unseren Sprachgebrauch passt, bleiben wir bei der
männlichen Anrede.

„Was hast du noch zu tun", fragte Gott Isa, die
immer noch voller Bewunderung vor ihm stand.

„Oh, es ist noch so viel", sagte Isa eifrig. „Bea und
Lucie helfen mir später bei der Blumenpflege und
Immanuel will mir zeigen, wie ich Bäume beschneide,
ohne dass es sie verletzt und dann –"

„Und was tust du für dich?" Gott unterbrach selten
einen seiner Engel, wusste er doch, dass jeder viel zu
erzählen hat.

Ein wenig empört sagte Isa daraufhin: „Du weißt
doch, dass ich im Vorbereitungskurs für die Erde bin,

da gibt es viel zu tun und ich werde alles zum Besten bewerkstelligen, das habe ich beschlossen. Und wie du weißt", sie sprach fast ohne Luft zu holen, „gehöre ich jetzt schon zu den Besten. Ich werde eine schwere Aufgabe zu übernehmen haben." Damit drehte sie sich um, lächelte Gott herzlich an und verabschiedete sich von ihm.

Gott sah seinem Engel lange nach, selbst als er nicht mehr zu sehen war, sah er ihn dennoch, schließlich war er Gott. »Obwohl sie hier bei mir sind, meinen so viele meiner Engel, dass sie sich oder anderen etwas beweisen müssen«, dachte er bei sich. »Isa wird es schwer haben, wenn sie die Leichtigkeit hier nicht erkennt.«

Es vergeht nie viel Zeit, bis Gott sich mit seinen Engeln trifft. Schließlich erteilt er ihnen auch Unterricht über das Leben in seinem Reich und über das Leben auf der Erde. So ergab es sich, denn im Reiche Gottes verläuft die Zeit sowieso anders als anderswo, dass Isa und Gott sich schon nach kurzem wieder begegneten. Er fand sie heftig diskutierend in einer Gruppe anderer Engel mit hochrotem Kopf und erhitztem Gemüt. Als sie ihn sah, lief sie eilig auf ihn zu, zog ihn bittend mit sich und redete erhitzt auf ihn ein. Mit einem sanften Lächeln legte er sich eine Hand auf den Mund und eine über das Ohr. Zuerst erschrak Isa, aber dann wurde sie wütend und fauchte Gott an.

„Ich habe gedacht, du hilfst mir. Sie wollen nicht einsehen, dass ich überall helfen muss, wo meine Hilfe gebraucht wird, und dass ich deshalb in allem sehr gut sein muss! Sagst du nicht selbst, der Eine trage des Anderen Last?"

Gott schaute mit großen Augen auf seinen Engel. So erhitzt und wütend hatte er ihn noch nie gesehen.

Bea sagte ein wenig schüchtern und blickte dabei betreten auf ihre Füße: „Sie stellt sich ständig über uns und meint, sie kann alles besser."

„Sie meint sie *muss* alles besser können", warf Lucie ein. „Dabei spielt sie sich auf wie ein Pfau!"

Jetzt sah Bea Gott an. „Ich will sie nicht anschwärzen, aber selbst Immanuel lässt sie nicht aussprechen und hört nicht einmal richtig zu." Verlegen schaute sie wieder auf ihre Füße.

Gott sah sie sich alle schweigend an, dann nickte er verständnisvoll, drehte sich um und ging. Aufgebracht und beleidigt stapfte Engel Isa davon. Die anderen schauten ihr noch hinterher, ehe auch sie sich davonmachten. Nur Bea und Lucie blieben noch eine Weile stehen und wussten nicht so recht, was tun. Eigentlich sollten beide mit Isa zu den Blumen, doch dazu fehlte ihnen jetzt der Mut und die Lust.

»Blumenpflege ist eine verantwortungsvolle Aufgabe«, hatte Isa von Baldur gelernt. Sie liebte diese Arbeit und hätte gerne mehr davon erfahren. Auch hatte sie eine gute Hand darin, die anderen Arbeiten ließen jedoch kaum Zeit dafür. Isa nahm die Vorbereitungen für die Erde sehr ernst. Ab und zu erinnerte sie sich zwar, dass Gott ihr und den anderen stets sagte, dass die Freude und das Spiel im Vordergrund stehen, aber manchmal dachte sie, er machte es sich damit viel zu *leicht* und sah die Arbeit nicht, die getan werden musste.

Auf die Erde freute sie sich und sie wollte dieses

Mal gut vorbereitet sein, obwohl sie hin und wieder Bedenken hatte, ob sie ihre Aufgabe dort auch wirklich zur Zufriedenheit erledigen konnte.

Lucie und Bea traf sie eine Weile nicht, aber sie hatte eh viel zu tun. Ab und zu sah sie beide jedoch mit Gott zusammenstehen, lachen und scherzen und dies ärgerte sie hin und wieder.

Ein großer Tag stand im himmlischen Paradies bevor. Alle durften in den Spiegel der Wahrheit schauen und jeder Engel, ob groß, ob klein, durfte sich darin sehen, um zu erkennen, was es für ihn noch zu tun gab. Das ganze Reich war in Aufregung und eifrig half jeder jedem sich fein zu machen für den großen Moment. Isa half tüchtig mit, die kleinen und neuen Engel auf diesen Augenblick vorzubereiten.

Endlich war es soweit und Michael las die Namen der einzelnen Engel der Reihenfolge nach vor. Baldur und Bea waren bei den Ersten, die in den Spiegel sehen durften und Isa konnte das Leuchten der beiden aus dem Spiegel erkennen und anschließend den Glanz in ihren Augen sehen.

Sie sah aber auch andere, die weniger glänzten und welche mit traurigen Augen. Isa war sich sicher, genauso zu glänzen und zu leuchten, wie ihre Freundin Bea oder ihr Lehrer Baldur. Als ihr Name vorgelesen wurde, erschrak sie ein wenig, trat aber dann zügig vor, um den Neuen zu zeigen, wie es geht, und um ihre Nervosität zu verstecken. Ehrfürchtig grüßte sie Michael, strahlte Gott an und sah in den Spiegel und sah erst einmal nichts.

„Der Spiegel ist kaputt!", rief sie empört aus und erschrak gleichzeitig über ihre eigene Courage.

Michael schaute ungläubig in den Spiegel, sah Isa streng an und sagte majestätisch: „Der Spiegel kann nicht defekt sein, sieh' noch mal und was du siehst, ist richtig."

Isa tat, wie ihr geheißen, und sah abermals hinein. Es dauerte einige Augenblicke, dann blitzte ein großes Licht ihr entgegen, strahlend und majestätisch schön. So schnell wie das Bild kam, war es vorbei und sie sah einen schmalen Lichtstrahl. Dann war nur noch ein schwaches Licht zu sehen. Plötzlich sah sie sich selbst. Endlich. Ein kleiner Engel sah ihr strahlend entgegen, nur sein Leuchten war nicht so stark und auch dieses Bild blieb nur kurz. Michael unterbrach dieses Spiel und gebot ihr wieder zu gehen. Isa war irritiert und schaute Gott fragend an.

Sehr nachdenklich ging sie zu den anderen, die schon kräftig am Feiern waren. Es war so üblich, denn auch die, welche noch viel lernen mussten, feierten fröhlich und ausgelassen mit. Isa ließ sich nach kurzem auch anstecken und als es darum ging, das Festessen vorzubereiten, war sie wieder ganz in ihrem helfenden Element und blühte auf.

Zwei Tage später war sie wieder im Garten, die Blumen mussten von Gräsern befreit werden, die allzu vorwitzig waren und sich um die zarten Blüten drängten. Ganz versunken war sie in ihrem Tun und in die Zwiesprache, die sie mit einer weißen Lilie hielt, dass sie nicht bemerkte, dass Gott sich neben sie setzte. Gerade als sie sich über die Reinheit und den Duft der Lilien allgemein unterhielten, fiel Isas Blick auf den lichten Schein an ihrer linken Seite. „Uff" machte sie, „jetzt habe ich mich doch glatt erschreckt." Doch als sie

Gott ins Gesicht sah, strahlte sie. Sofort ließ sie aber wieder ihren Blick sinken und zog sich in sich zurück. So saßen beide eine geraume Zeit zusammen, in der jeder für sich Einkehr hielt. Selbst die Lilie wurde stumm.

Endlich durchbrach Engel Isa das Schweigen. „Warum liebst du die anderen mehr als mich. Ich gebe mir doch solche Mühe." Zuerst sah sie betroffen zu Boden, doch dann geradewegs in Gottes Augen.

Der machte sie ganz groß, als er ihre Frage hörte. „Engelchen", hörte sie ihn sagen, er nannte seine Engel ab und zu so, wenn er sie etwas necken wollte. „Kann ich einen meiner Engel mehr lieben als den anderen?"

Sie schwieg einen Moment und dann sagte sie leise: „Aber mit mir lachst und scherzt du doch schon lange nicht mehr."

Wieder antwortete Gott mit einer Frage: „Hast du Zeit für das Spiel und das Lachen?"

Engel Isa überlegte kurz. „Aber ich muss doch soviel vorbereiten, ehe ich den Weg zur Erde antrete!"

„Komm mal mit." Gott stand auf, nahm sie an der Hand und ging mit ihr durch den Gemüsegarten über die Felder und durch einen kleinen Buchenhain. So lange war Isa mit ihrem Gott noch nie allein gewesen und sie fühlte sich immer besser und leichter.

Sie gingen schweigend, bis sie an einem kleinen Teich ankamen. Zwei kugelige Steine lagen dort am Ufer, die Gott unvermittelt ansteuerte. Isa wollte sich losmachen, um vorauszueilen, damit sie wenigstens einen Stein säubern könne. Gott sah ihre Gedanken und Gefühle, wie er sie bei jedem seiner Engel und

Kinder sah, und hielt sie fest. „Sie sind beide vollkommen", sagte er sanft.

„Aber", protestierte Isa und Gott unterbrach sie schon wieder, was er wirklich selten tat: „Sie sind vollkommen!" Dann ließ er sich auf einen der beiden Steine nieder.

„Ich wollte nur, dass dein Gewand nicht schmutzig wird." Es klang nach einer Rechtfertigung, das hörte Isa selbst, aber das war ihr fast egal. Ein bisschen schämte sie sich aber auch.

„Warst du mit deinem Spiegelbild zufrieden?" Diese Frage traf sie wie ein Donnerschlag. Sofort füllten sich ihre Augen mit Tränen. Diese unverstandenen Bilder, die sie so aufgewühlt hatten und die sie so gut verdrängen konnte, waren plötzlich wieder ganz lebendig.

Sie schüttelte den Kopf. Schniefend sagte sie: „Ich habe die Bilder noch nicht einmal verstanden." Isa sah aufs Wasser und sah, dass es ganz glatt wurde, wie ein Spiegel. Gleich darauf sah sie ihr Spiegelbild darin, aber Gott sah sie nicht, obwohl er nur einige Handbreit neben ihr saß. „Warum sehe ich dich nicht?", fragte sie erstaunt.

„Du stehst über mir, deshalb kannst du mich nicht sehen."

Mit großen Fragezeichen in den Augen sah sie ihn an. „Das verstehe ich nicht", entgegnete sie ihm.

„Du stellst dich über mich, hörst mir nicht zu, weißt mich sogar zurecht, als wüsste ich nicht, was ich tue. Also, wie willst du mich dann erkennen?"

„Aber ...", kam es stockend über ihre Lippen. „Ich ...", sie verstummte.

„Das will ich doch überhaupt nicht!" Isa hatte lange gebraucht, bis sie dies aussprechen konnte. „Ich gebe mir soviel Mühe, es recht zu machen und mich vorzubereiten ..."

„Dass du dich vergisst!" Gott war erstaunt über sich selbst, dass er einen seiner Engel schon zum dritten Male unterbrach. Gleich darauf fiel ihm ein, warum er es tat. „Weißt du", sprach er seine Gedanken laut aus, „in meinem Reich behandle ich jeden gleich. Ich liebe euch alle, auch die neuen und weniger hellen Engel. Wenn ich aber sehe, dass es sich eine meiner Seelen so schwer macht, dann werde ich schon ein wenig ungeduldig. Verzeih, dass ich dich unterbrach."

Sanft und liebevoll lächelte Gott Isa ins Gesicht und sie sah ihn nur mit großen Augen an. „Welche Haarfarbe möchtest du denn auf der Erde und welche Farbe sollen deine Augen haben?", fragte Gott.

Isa lächelte selig. »Selbst daran denkt er«, dachte sie für sich, ehe sie antwortete. „Nun", sagte sie glücklich, „da ich die Sonne so sehr mag, dachte ich mir, dass meine Haare das Gelb der Sonne haben sollten und meine Augen das Blau des Himmels. Sie werden mich an meine Freiheit erinnern."

Gott nickte zustimmend: „Eine gute Wahl, aber lass uns noch einmal über dein Gefühl sprechen."

Betreten schaute Isa auf ihre Füße. Sie dachte bei sich, sie hätte sich so viel Mühe gegeben und so oft die Arbeit von anderen noch mit übernommen, nur um zu lernen, und jetzt soll alles falsch gewesen sein.

„Nichts war falsch, an dem was du getan hast. Du lernst viel, nur deine himmlische Aufgabe für die Erde, die vergisst du ständig."

„Meine himmlische Aufgabe für die Erde?", wiederholte Isa langsam. „Davon weiß ich nichts", sagte sie.

„Oh", sprach Gott, „das kommt vielleicht davon, dass du mir nicht recht zuhörst. Wissen tust du es schon, kleines Engelchen, nur wahrhaben willst du es nicht. Keine Seele in meinem ach so großen Reich müsste es auf der Erde schwer haben. Deshalb darf sie hier bei mir alles lernen was sie dazu benötigt, das himmlische Spiel der Leichtigkeit des Seins und die Liebe zu sich und zu anderen."

„Aber Gott", stieß Isa hervor, „ich liebe doch alle meine Mitengel und nehme ihnen so manche Arbeit ab. Bea und Lucie sind fast nie im Garten, ich mache die Arbeit fast allein."

Gott sah seinen Engel nachdenklich an. „Das hat nichts mit Liebe zu tun, Isa. Du kannst das, was Bea oder Lucie zu tun haben, nicht einfach übernehmen. Du tust ihnen keinen Gefallen damit."

„Das verstehe ich nicht, Gott", sagte Isa. „Wie meinst du das?"

Er überlegte kurz und erklärte dann: „Jede Seele hat ihr eigenes, ganz spezielles Lehr- und Lernprogramm, damit sie ihr ganz persönliches Ziel erreicht. Deines wäre ,Gott ist vollkommen', deshalb hast du deinen Namen so gewählt. Isa – Isabella – Elisabetha – und wo kannst du dies besser lernen als bei mir? Jetzt sind aber alle Seelen mit mir verwandt, sind ein Teil von mir, wie du Isa und doch müssen alle immer noch lernen, genau wie ich."

Isa riss ihre Augen weit auf. „Du?", fragte sie ungläubig.

„Ja", sagte Gott, „auch ich. Von so eifrigen Engeln

wie du einer bist zum Beispiel, dass man, obwohl bereits vollkommen, immer noch etwas dazulernen kann. Manches Mal ist es, dass man lernen muss, sich zu erinnern.

Das Leben auf der Erde ist nicht schwer, wenn du deine himmlische Leichtigkeit gelernt hast und", machte eine kleine Pause, „den Umgang mit der Liebe und der Freiheit, du zu sein", fuhr er fort. „Wenn du nun irgendeiner Seele einen Teil ihrer Arbeit abnimmst, dann beraubst du sie ihrer Entwicklung. Bea – Beate, die Glückliche, darf lernen, dass Glück auch im Tun, in der Arbeit zu finden ist. Und deine Freundin Lucie oder Lucia, die Leuchtende, hat zu lernen, dass Arbeit keinesfalls das Licht unterdrückt.

Um das Licht Gottes leben zu lassen, bedarf es alles und Liebe heißt *nicht*, und über diesen Satz wirst du auf Erden des Öfteren etwas hören, der Eine trage des Anderen Last. Die, die solches tun, haben hier nicht zugehört. Auch Jesus musste sein Kreuz alleine tragen, nur so konnte er vollbringen, was er vollbringen wollte. Verstehst du das Isa?"

Isa dachte nach und nickte.

„Gut, dann kommen wir zu dir", sprach Gott weiter. „Wenn du den anderen etwas abnimmst, was sie *alleine* tun müssen, behinderst du sie in ihrem Weiterkommen. Das heißt aber *nicht*, dass du ihnen Hilfe verweigern solltest. Nur sorgfältig abwägen solltest du, und ich betone sorgfältig, was das Richtige für dich und für die anderen ist. Dein Gefühl, und nur dein Gefühl, kann dir den Weg zur richtigen Entscheidung zeigen. Die Engel, die zurzeit auf der Erde weilen, haben fast alle vergessen, dass die Erde ein Paradies ist, und das Leben dort Heiterkeit und

Leichtigkeit. Ist doch die Erde der weibliche Ausdruck meines Selbstes und ich entlasse meine Kinder nicht in Qual und Pein. Doch ...", Gott kam etwas ins Grübeln, „sie haben ihren freien Willen und dieser ist gleichzeitig ein Verführer."

Es schien Isa, als würde Gott ganz tief in sich etwas suchen und sie sah ihn nur andächtig an. Sie hatte soviel von ihm gehört, das musste sie erst sortieren und deshalb war sie über die Pause ganz froh. Als er wieder weiter sprach, war seine Stimme sanft und liebevoll wie zuvor. „Ich habe keinen Fehler begangen, als ich ihn einführte, den freien Willen, denn so lernte ich auch eine Menge dazu. Dass sich meine Seelen aber so oft von ihm in die Irre führen lassen, betrübt mich ab und an schon.

Also", er erhob ein wenig seine Stimme als er weitersprach, „das Glücklichsein, das Heitersein, das Leichte, das lernst du bei mir, damit du es mitnehmen kannst auf die Erde, um es dort zu leben. Einiges wirst du davon vergessen, auf deiner Reise zur Erde. Deshalb ist es so wichtig, dass du davon soviel wie möglich lernst. Verstehst du das Isa – Elisabetha?"

Ehrfürchtig nickte Isa, so hat Gott sie noch nie genannt.

„Gott ist vollkommen, und da du alles bist, ist auch alles, ganz gleich, wie es heißt und was es ist, *DU. —* Also auch ich".

Isa musste nachdenken. Gottes Worte klangen machtvoll in ihren Ohren – *also auch ich* – das würde bedeuten, dass sie gar nicht soviel lernen und arbeiten musste, dass sie vielmehr Zeit hatte, um mit den anderen zu lachen und zu spielen.

„Wenn du dich liebst, so wie du bist", hörte sie Gott sagen, „dann liebst du mich, dann kannst du mich in dir erkennen und dein Leben ist der Himmel auf Erden. Wenn du dich liebst, wie ich dich erdacht habe, als ein Ausdruck meines Selbst, dann kannst du jeden anderen lieben wie dich selbst. Nur, dein Wille als Mensch ist ein Verführer und er ist es, der dich in Versuchungen führt, aber erst auf der Erde. Und jetzt gehe Isa und lerne dein Glück zu leben."

Gerade wollte sie aufstehen, als ihr Blick über den spiegelglatten Teich glitt. Ihre Augen staunten über das, was sie dort sah. Zwei große Lichtgestalten saßen nebeneinander und standen nun langsam auf. Eine davon war Gott und die andere, das sah sie an dem Gesicht, war sie selbst. Dann geschah es, dass beide Gestalten miteinander verschmolzen und nur noch eine zu sehen war, Isa. Aus ihrer Mitte heraus leuchtete sie aber viel stärker als zuvor.

»Das Leuchten ist Gott in mir«, dachte Isa und ging zu den anderen, um das zu lernen, was auf der Erde wichtig ist.

So kam es, dass Isa etwas verspätet und dennoch rechtzeitig ihre Reise zur Erde antrat.

Eines hatte sie aus den himmlischen Sphären mitgenommen, obwohl sie es dort lassen wollte, – alles auf einmal erledigen zu wollen.

Und so kam es, wie es kommen musste, wie es für jede Seele kommt, die hier auf der Erde weilt. Isa vergaß, als sie das Licht der Welt erblickte, dass das Leben Leichtigkeit bedeutet. Und doch arbeitet sie, wie viele andere auch, an dem großen Werk *„Ich bin vollkommen. Ich bin ein geliebtes Kind Gottes"*, täglich mit.

≈≈≈

Dienen
von Ursula W Ziegler

Ich diene der Liebe,
indem ich die Liebe bin.

Ich diene der Freiheit,
indem ich frei bin und andere frei sein lasse.

Ich diene dem Wohlstand,
indem ich meinen Wohlstand anerkenne und
Wohlstand bin.

Ich diene dem Reichtum,
indem ich meinen Reichtum anerkenne und
Reichtum bin.

Ich diene der Fülle,
indem ich meine Fülle annehme und sie
ungehemmt bin.

Ich diene Gott,
indem ich Gott in mir annehme und im Innen und
Außen seine Fülle lebe.

Ich diene der Schöpfung und mir Selbst,
indem ICH BIN.

*Mein Leben
hat eben erst begonnen*

Ich hab' mein Leben gelebt", begann er. Doch stellte er sich selbst gleich die Frage: „Hab ich das?" Es klang wie ein Selbstgespräch, das er führte, obwohl ihm der Alte gegenüber saß. „Oh", fuhr er fort, „bestimmt gab es Momente, in denen ich 'ich selbst' war. Doch scheint es mir, sie waren selten und sehr kurz. Wieso ich darauf komme?", der Alte sah ihn nur an, „ich konnte selten ich sein, weil ich überhaupt nicht wusste, wie es geht, ich zu sein. Der Vater ging zu früh, ich war noch sehr klein und er fehlte überall. Mit ihm starb auch die Mutter ein Stück.

Mit jedem Kind von ihr, das zu Grabe getragen wurde, starb sie mehr. Als der zweite Mann ins Grab kam, war sie nicht mehr recht lebendig. Die Verantwortung für die, die blieben war zu groß. Sie bog mir das Rückgrat im Verlauf der Zeit durch. Warum sollte es mir gut gehen, wenn es denen, die ich liebte, schlecht erging? Dennoch gab ich mein Bestes."

„Du bist zu hart zu dir", sprach der Alte ruhig, „alle Zeit währt ewiglich. Auch das Glück und der Wohlstand stehen immer noch bereit."

„Für mich nicht", widerspricht der Andere. „Ich habe mich redlich bemüht. Doch wurden es der Kinder zu viel und ihr Hunger kostete manche harte Arbeit. Die Frau war meist genügsam und nur wenn ich so gar nichts im Kopf behielt, und Raum und Zeit vergaß, schimpfte sie mich."

„Die Zeit gewährt stets Chancen für den, der will",

sprach der Alte freundlich weiter.

„Sicher", wandte der Andere ein, „aber wie gesagt, nicht für mich."

Es entstand eine lange Pause zwischen beiden und jeder hing seinen eigenen Gedanken nach.

„Gut", sagte er aus seinen Gedanken heraus. „Es gab begrenzte Möglichkeiten, doch hätte es mich jedes Mal viel gekostet, den Ideen und Händen, die sich mir reichten, nachzugeben."

„Und was wäre das Viele gewesen?", fragte der Alte. „Und hast du so nichts dafür bezahlt?"

Jener wurde nachdenklich. „Du verstehst mich nicht, Alter", sagte er fast resignierend. „Frau und Kind, sie halten dich, und wenn sie es nicht sind, dann die ganze Sippe und die Mutter. Wie hätte ich da an mich denken sollen oder können. Es war ja auch kein Geld vorhanden."

„Aber das war doch anders auch nicht da", unterbrach ihn der Alte.

„Das stimmt, aber ich hatte Angst alles zurückzulassen, um in eine fremde Gegend zu gehen. Vielleicht hat auch die Frau etwas zu sehr gefleht zu bleiben.

Was soll's, die Zeit ist vorbei." Müde legte er seine Hände in den Schoß, die zuvor lebhaft gestikuliert hatten.

„Bist du dir so sicher?", fragte der Alte erstaunt „Ich denke du hast schon ein paar Jahrzehnte auf dem Buckel und solltest darum wissen, dass das Leben dir stets das gibt, was du von ihm forderst. Und du hast gefordert, das wissen wir beide und wir wissen auch, dass du nichts anderes annehmen wolltest als Mangel und Not und ein karges Einkommen. Ich sage dir", fuhr er fort, „deine Zeit reicht noch aus, um all das zu bekommen, was du willst."

Aufgebracht schrie der Andere ihn an: „Du hältst mich wohl zum Narren, Alter. Sieh' mich an, ich bin alt und krank und müde und du bist hier, um mich zu holen. Also nimm mich mit und quäle mich nicht!"

Lange sah ihn der Alte schweigend an, ehe er ihm entgegnete: „Auch das hast du dir bestellt und hast es bekommen. Aber holen, nein", er überlegte kurz, „nein, das müsste nicht sein."

Der Andere horchte auf. „Das müsste nicht sein", wiederholte er langsam die Worte, „wieso sagst du so etwas, willst du mit mir deinen Spaß haben, Gevatter?" Er war irritiert.

„Nein!", entgegnete ihm dieser, „meinen Spaß will ich so nicht haben. Nein und nochmals nein. Aber es müsste wirklich nicht sein, dass ich dich mitnehme."

„Wieso?", fragte der Andere ihn aufgebracht.

„Ganz einfach", sagte daraufhin jener ganz ruhig, fasste ihn bei der Hand und nahm ihn mit an ein nahes Wasser.

Mit einer Handbewegung brachte er das Wasser dazu, so glatt und glänzend zu werden wie ein Spiegel. „Schau hinein!", sagte er daraufhin „und sage mir, was du siehst."

Zuerst sah der Andere nichts, doch dann glaubte er, seinen Augen nicht zu trauen. Aus dem Wasser sah ihm sein Spiegelbild entgegen, so wie er war. Doch je länger er schaute, desto jünger und klarer wurde es.

Hinter ihm stand eine helle Gestalt, die aussah, als hätte sie reiche Geschenke dabei.

In einem Anfall plötzlichen Begreifens rief er: „Wie hätte ich das alles annehmen sollen, es hatte doch sonst keiner etwas. Wie sollte ich Mutter und Frau und Kind zurücklassen, um glücklich und reich zu werden?"

Das Wasser kräuselte sich leicht und als es wieder ruhig war, sah er abermals und was er sah, wühlte ihn noch mehr auf, denn es waren dieselben Personen in anderen Bildern, in einer anderen wohlhabenderen Umgebung und sie waren zufrieden und froh.

Weinend ließ er sich auf die Erde sinken, fast zu schwach um zu sprechen. „Heißt das, dass mein Leben umsonst so hart war?", hauchte er mit erstickender Stimme.

„Nein", sagte der Alte, „es ist niemals etwas umsonst. Trotz deines Alters und deiner Gebrechlichkeit, du kannst dich immer noch entscheiden alles Glück und allen Reichtum anzunehmen. Nur, damals wie heute zwingt dich keiner. Du bestimmst allein. Du musst es dir allerdings nehmen und ich wiederhole *dir* es nehmen, nicht für irgendeinen anderen Menschen, ob lebend oder tot, sondern nur für dich."

Noch ehe der Andere zu etwas ansetzen konnte, das einen Einwand beinhalten würde, sprach der Alte unbeirrt weiter. „Menschlein, dein Schöpfer will dich reich und glücklich sehen und er lässt dir dazu die Zeit, die du bestimmst und wenn sie ewig währen soll, du bekommst sie. Ich habe nur die Macht mein Freund, die du mir gibst. Da du sehr viel Angst vor mir hast, wie so viele andere auch, habe ich auch sehr viel Macht. Doch spiele oder spaße ich nicht, denn das Leben ist mir dafür zu kostbar. Also, was willst du?", fragte ihn der Alte unvermittelt.

Der Gevatter ließ den Anderen nicht aus den Augen. Das Wasser bewegte sich wieder und ein leichter Wind kam auf. Der Andere musste erst einmal tief Luft holen, ehe er antworten konnte.

„Was heißt nehmen", sprudelte es dann aus ihm heraus.

„Nun," der Alte ließ sich neben ihm auf dem Boden nieder, „ich will es dir so erklären", sagte er. „Du bekommst von der gütigen Schöpfung zum Beispiel ein Talent, eine Fertigkeit oder Fähigkeit, die du ausbauen kannst, sodass sie dich glücklich macht, innerlich erfüllt und reichlich ernähren kann. Natürlich nur, wenn du etwas daraus machst. Jeder Mensch hat ein solches Geschenk in unterschiedlicher Ausführung. Ich weiß, dass *du* gleich mehrere hattest. Du hättest *alle* ausleben und ausbauen können.
Das eine oder andere bereitet dir immer noch Freude. Doch solltest du es dir wert sein, dass du mit viel Spaß noch mehr verdienst." Der Andere wollte etwas einwenden, aber der Gevatter wehrte ab und sprach sanft weiter.

„Du willst mir mit dem Argument kommen, dass deine Frau und so weiter. ... Aber ich sage dir, sie hätte alles mitgetragen, wenn du in dir deinen Reichtum erkannt hättest und mit ihm den Reichtum, der dir von deinem Schöpfer durch deine Gaben geschenkt wurde. Sie zeigte dir im Außen, wie es bei dir im Innen aussah."

Lange schwieg der Andere. Schließlich sagte er langsam und bedächtig: „Heißt das auch, dass mein Körper wieder gesunden und sich regenerieren kann?"

Der Gevatter nickte.

Und wieder schwiegen beide eine geraume Zeit, in der der Andere sehr nachdenklich war. Endlich redete er bedächtig weiter.

„Gut Gevatter, du hast mir sehr viel zum Nachdenken gegeben. Um alles richtig abzuwägen, brauche ich Ruhe und Zeit. Ich werde dich rufen, wenn ich bereit bin. Jetzt entschuldige bitte, ich bin noch zu jung, um mich noch länger hier mit dir zu unterhalten, obwohl es für mich sehr aufschlussreich war.
Mein Leben hat eben erst begonnen. Ich danke dir, für deine Zeit und das Gespräch mit dir, aber es gibt jetzt so viel zu tun.
Ich glaube, ich habe zu viel liegen gelassen über all die Jahre."
„Mehr wollte ich nicht", entgegnete ihm der Alte und ging.

≈≈≈

Jeden Tag aufs Neue
von Ursula W Ziegler

Der Tag geht,
Konturen werden schärfer,
Schatten intensiver,
die Angst größer,
wie bei allem,
wenn etwas endet.

Gefühle werden klarer,
treten deutlicher hervor.
Das Leben bekommt
andere Farben.
Und wenn die Nacht geht,
die Schatten sich verziehen,
werden Konturen wieder schärfer,
löst die Angst sich langsam auf,
verändern sich Gefühle,
um klarer zu sein.

Jeden Tag aufs Neue.

Nachruf

Kai freute sich auf sein Lümmelsofa. Im Büro war den ganzen Tag über sehr viel Stress. Jeder wollte etwas erledigt haben und das sofort und meist waren es drei, vier Dinge gleichzeitig, und dann noch von mindestens vier, fünf Personen. An solchen Tagen liebte er es nach, Hause zu kommen und erst einmal für sich zu sein. Nur noch einparken, dann war es geschafft. – Zu Hause.

Erleichtert atmete er aus. Den Wagen abschließen und ein paar Schritte zum Haus, dann –. Überrascht hob er den Kopf und sah zu seinem Wohnhaus. Er wohnte dort mit mehreren zusammen, der Kosten wegen, und weil keiner von denen, die mit ihm wohnten, allein sein konnte. Was ihm heute als Geräusch jedoch entgegen kam, kannte dieses Haus nicht. Alle Mitbewohner waren ruhig und liebten gediegene Musik. Was ihm entgegendröhnte war allerdings Techno – von der übelsten Sorte.

Ungläubig ging er ins Haus. »Irgendetwas stimmt nicht«, dachte er bei sich, »vielleicht haben wir ja einen neuen Mitbewohner bekommen.« Sofort verwarf er diesen Gedanken wieder, denn solche Angelegenheiten wurden gemeinsam besprochen, damit das Ambiente der Wohngemeinschaft erhalten blieb. Das stupide Bum, Bum, Bum, der stampfende Rhythmus, der dröhnende Bass wurden hinter der Haustür immer lauter.

Kopfschüttelnd ging er ins Obergeschoss, dort lag sein Zimmer und daher kam auch der ganze Krach.

Kais Staunen wurde immer größer, denn der Lärm drang aus dem Zimmer neben dem seinen und dort wohnte Frank. Aus seiner Bude drangen meist klassische Töne oder Blues und ab und zu etwas Reggae. Kai warf seine Sachen in sein Zimmer. »Ich wollte ausspannen, liebes Lümmelsofa«, dachte er, »aber bei dem nervtötenden Radau kann ich das vergessen!«

Ohne anzuklopfen ging er direkt in Franks Zimmer. Bei diesem Gedröhne hätte der sowieso nichts gehört. Er sah sich um und fand Frank vor seinem PC sitzend. Kai rief etwas lauter Franks Namen. Dieser reagierte jedoch nicht, so ging er selbst zur Musikanlage und drehte sie aus. „Sag mal, hast du heute was an den Ohren?!", fuhr er Frank an.

Aber der reagierte nicht. Kai trat zu Frank an den Schreibtisch und sein Blick blieb auf dem Bildschirm hängen. Das Bild darauf versetzte ihm einen gehörigen Schreck. In der rechten oberen Ecke prangte ein dickes schwarzes Kreuz, um das sich eine schwarze Rose rankte. Etwas unterhalb, in der Mitte las er 'Nachruf'.

„Ach du dickes Ei!", entfuhr es ihm. „Ist einer Deiner Eltern gestorben?"

Frank antwortete nicht.

Kais Mund öffnete sich zu einem erschreckten „oh Gott!" und er blieb vor Überraschung auch offen, denn unter dem Wort *Nachruf* las er »*Für Frank Müller, der sein Leben eben erst begann.*«

„Schön wäre es", hörte er Frank wie aus weiter Ferne sagen, „dann könnte ich, –" er beendete den Satz nicht. Kai fühlte, wie sein Mund trocken wurde und sein Herz zu rasen begann.

„Habe ich richtig gehört", begann er nach anfänglichem Zögern, „du wärst froh, wenn deine Eltern tot wären?" Kais Blick suchte Franks Gesicht. Er war sehr blass, hatte dicke Augenlieder und dunkle Ringe um die Augen. Sein Blick war leer, kein Funke Leben schien darin zu sein und seine Stimme war tonlos. Kai ließ seinen Blick umherschweifen, ob er irgendein Anzeichen finden könnte, das ihm einen Anhaltspunkt gab, wieso Frank in diesem Zustand war. Neben dem PC stand ein großes Glas. Vorsichtig nahm er es in die Hand und roch. Nichts. Besser mal daran nippen, dachte er. Aber es war nur Wasser, wie immer. Dann schnupperte er in die Luft. Geraucht wurde auch nicht, stellte er erleichtert fest. Es hätte ihn auch sehr gewundert, wo doch Frank ein entschiedener Gegner von Drogen war und auch Alkohol bei ihm auf der Raritätenliste stand. Auch keine Post lag herum, nichts, absolut nichts gab Aufschluss.

„Warum?", fragte Kai schließlich, „warum schreibst du so etwas?" Er wies auf den Bildschirm, der jetzt den Bildschirmschoner zeigte.
„Gibt es Stress wegen oder mit deiner Freundin?"
Frank schüttelte langsam den Kopf. „Ich kann nicht mehr", sagte er mit leiser Stimme. „Es ist mir alles zu viel!" Ohne sich zu bewegen, saß er auf seinem Stuhl und seine tonlose Stimme verursachte Kai eine Gänsehaut.
„Was tun?", überlegte er sich. Für einen Arzt ist er nicht krank genug und ein Psychiater gibt ihm eine Spritze, dass er noch ruhiger wird. „Ich hole uns einen

Kaffee", sagte er daraufhin. „Hast Du heute schon was gegessen?", Frank schüttelte wieder langsam, fast mechanisch den Kopf.

Kai stand auf und meinte nur: „Gut, ich bring' dir etwas mit." Daraufhin ging er rasch in die Gemeinschaftsküche. Heißes Wasser gab es immer und den Umständen entsprechend nur einen löslichen Kaffee. Auch war immer etwas Essbares zu finden und so hatte er schnell ein paar Brote gemacht und einige Kekse auf einen Teller gepackt. Milch und Zucker in den Kaffee, noch umrühren, fertig. Auf dem Rückweg in Franks Zimmer hielt er kurz inne. »Was mache ich mit dem?«, fragte er sich und überlegte kurz. »Nun«, dachte er sich, »die klugen Köpfe im Radio und Fernsehen sagen immer, erst einmal reden. Und nach 'nem guten Kaffee sieht die Welt gleich wieder anders aus.« Allerdings dachte er auch wehmütig an sein Lümmelsofa, das jetzt ganz allein in seinem Zimmer stand.

In Franks Zimmer stellte er das Tablett, auf das er alles gepackt hatte, auf einem kleinen Tisch ab, der in der Mitte des Raumes stand. Frank saß immer noch in der gleichen Position, nur dass der Bildschirm jetzt keinen Bildschirmschoner mehr zeigte, sondern das Dokument mit dem Nachruf.

Kai stellte einen Becher dampfenden Kaffee vor Frank und den Teller mit den Broten so, dass sie beide bequem zugreifen konnten. „Essen und Trinken hält Leib und Seele zusammen", meinte er lapidar, um dem unangenehmen Gefühl auszuweichen, das sich langsam in ihm breit machte. Er schlürfte an seinem heißen Kaffee und spürte dem ersten Schluck nach, wie er die Kehle entlang rann und dann die Speiseröhre hinunter, um alsbald im Magen zu verschwinden. „Also", platzte er dann gefasst heraus, „warum schreibst du deinen eigenen Nachruf?"

Kaum war die letzte Silbe verklungen, war ihm bewusst, dass dies die falsche Vorgehensweise gewesen war. Etwas einfühlsamer fügte er fragend hinzu: „Was ist dir zu viel?", und griff dann nach einem Brot.

Ohne sich zu bewegen, sagte Frank in seiner tonlosen Stimme: „Alles, einfach alles. Ich kann nicht mehr!"

„Das verstehe ich nicht", meinte Kai und griff nach der nächsten Scheibe Brot. „Du warst doch mit Fee recht glücklich und nach deiner Pleite warst du wieder auf einem aufsteigenden Ast."

„Das ist es ja auch nicht", entgegnete ihm Frank. „Mit ihr hat das nichts zu tun. Und doch, wenn sie nicht wäre, dann wäre ich –." Er sprach nicht zu Ende.

„Warum Nachruf?", fragte Kai. „Hast du vor", er zögerte einen Moment, „hast du vor die Flatter zu machen?"

Er bekam keine Antwort. Stattdessen griff Frank zu der Tasse, die vor ihm stand, erhob sich langsam und mechanisch, deutete mit dem Kopf zum Bildschirm und sagte nur: „Lies!"

Augenblicklich wurde es Kai heiß und kalt. So eng war er mit seinem Zimmernachbarn nicht befreundet, als dass er ohne weiteres Intimes erfahren durfte. Aber er stand von seinem Platz auf und setzte sich langsam vor den PC. Seine Nervosität steigerte sich zusehends.

Seine Finger waren feucht, als er sie auf die Tastatur legte und den Anfang des Dokumentes suchte. *»Nachruf für Frank Müller, der sein Leben erst begann.«* las er nochmals. Kais Blick suchte in der linken unteren Ecke des Bildschirmes nach der Seitenzahl, die Frank geschrieben hatte, und entdeckte eine Sieben.

»Sieben Seiten, Donnerwette«, dachte er kurz und las weiter. Je mehr er las, desto ruhiger wurde er. Er hörte, dass Frank zwischendurch mal aus dem Zimmer ging und kurz darauf wieder kam, doch war er von dem, was er las, viel zu gefangen, als dass er reagieren konnte. Immer wieder spürte er, wie er die Luft anhielt und nach einer Weile wieder kräftig herausblies. Die siebte Seite war kurz und endete mit ähnlichen Worten wie sie zu Beginn zu lesen waren.

»Ich habe Angst«, las Kai, »Angst vor meinem Leben, Angst all die horrenden Anforderungen und Erwartungen nicht erfüllen zu können, Angst vor dem Erfolg, Angst vor der Liebe, obwohl sie mit Fee sehr schön ist. Ich habe Angst, und das ist vielleicht die größte Angst, so zu werden wie sie und wie sie es von mir erwarten. Mein Leben fing erst an, aber ich bin am Ende. Irgendwann habe ich die falsche Abzweigung genommen und das will ich jetzt wieder rückgängig machen.«

Kai lehnte sich zurück und blies die Luft gepresst durch seine Lippen. Er konnte nichts sagen und starrte nur auf den Bildschirm. „Alles, was ich tue, stößt auf herbe Kritik oder Ablehnung", hörte er Frank in seiner melancholischen Stimme sagen. „Sie können nicht akzeptieren, dass ich mein eigenes Leben führen muss. Sie werfen mir mein Verhalten vor und vergessen, dass sie mich erzogen haben."

Kai grübelte etwas nach. Bei ihm war es nicht ganz so. Seine Familie akzeptierte meist, was er tat. Obwohl, wenn er es sich recht überlegte, hatte er den Beruf, den seine Familie als gut und passend einstufte, genau wie seine Freunde, und daher gab es keinen Stress. Er war, wie seine Oma es einmal ausdrückte, ein braver Sohn. Wenn er ganz ehrlich zu sich war, fand er sein Leben langweilig und das würde die nächsten Jahrzehnte so bleiben, wenn sich nichts änderte. Doch diese Gedanken wusste er geschickt zu verdrängen und ihnen auszuweichen.

„Die letzten fünf, sechs Jahre hatte ich keinen oder kaum Kontakt zu meiner Familie und es kostete mich etliche Stunden Therapie, bis ich dort wieder hin konnte", sagte Frank und seine Stimme bekam etwas mehr Leben. „Und weißt du, wie ich dort empfangen wurde?", sagte er fragend. Kai zuckte nur mit den Schultern.

„Mit Vorwürfen! Meine Haare seien zu lange, die Hose zu alt, das Auto zu kaputt – wie es mir geht, fragte keiner. Als sie dann noch erfuhren, dass ich pleite bin und ohne eigenes Einkommen, haben sie mich niedergeknüppelt. Vielleicht habe ich zu viel von ihnen erwartet." Er überlegte einen Moment: „Aber darf ich keine Fehler machen?", sagte er mehr fragend zu sich.

„Der eine verzichtet auf seinen Eheanteil von fast einer halben Million Euro und der andere verspekuliert 250.000,– Euro an der Börse und alles wird mit einem Lächeln abgetan. Nur der Vorzeigesohn darf sich absolut nichts erlauben. Er muss und soll all ihre Fehler wettmachen! Ich scheiß' auf sie alle!"

Die letzten Worte sprach er voller Hass aus und es erschien Kai als würde wieder Leben in Frank einkehren.

„Meinst du nicht", entgegnete ihm Kai vorsichtig, „dass du zu hart zu ihnen bist? Sie wissen es nicht besser."

„Aber", schrie ihn Frank an, „ich bin doch ihr Kind und sie sagten in der Vergangenheit so oft, dass ich ein Wunschkind und was weiß ich nicht alles gewesen bin. Jetzt stellt sich heraus, dass ich nur der Liebling war, solange ich nach ihren Vorstellungen funktionierte. Und nun treten sie nach mir!"

Kai atmete tief ein. Mit einem solchen Gefühlsausbruch hatte er nicht gerechnet. Schon wollte er gereizt reagieren, als ihm einfiel, dass sich Frank in einem jämmerlichen Zustand befand.

„Ich kann nichts dazu", sagte er ihm betont ruhig. Er hatte Frank oft beneidet. Er, der so souverän wirkte und unabhängig, der die halbe Welt gesehen hatte und sich auszudrücken wusste.

Seine eigene Familie war einfach, – hart aber herzlich. Gefühle durften wie wohl überall, kaum gezeigt werden und jetzt sah er, dass Frank dieselben Schwierigkeiten mit seiner Familie hatte wie er. Dass sie anders ausgelebt wurden, lag wohl an der Natur der Sache.

In Gedanken fragte er sich, wie seine Familie wohl auf eine solche Situation, wie die von Frank, reagiert hätte. Vater, so dachte er, hätte seine Pfeife geholt, langsam gestopft, angezündet, zwei, drei Züge gepafft und dann wohl gesagt: »Wenn nicht mehr verloren ist als Geld, dann lässt sich das wieder reparieren.« Dann wäre er an seinen Schrank gegangen, hätte einen Scheck ausgestellt, ihm in die Hand gedrückt und gesagt, »den Rest machst du allein, und wenn du Rat und Tat brauchst, du weißt, wo ich bin.«

Und Mutter? Ein, zweimal im Monat wäre ein großes Essenspaket gekommen. Sie hätte etwas herumgejammert, ihm immer wieder in den Ohren gelegen sich eine Arbeit zu suchen, aber im Großen und Ganzen hätte sie ihn machen lassen. »Du musst wissen, was du tust«, war ihr Lieblingsspruch. Vorwürfe hätte er keine gehört, aber mit Sicherheit mehr als einmal die Frage, wieso es soweit kommen konnte.

Frank ging unruhig im Zimmer auf und ab.

„Nur wegen den Vorwürfen deiner Eltern willst du dein Leben wegwerfen?", fragte Kai.

Frank blieb stehen. „Ich kann nicht mehr", antwortete dieser.

„Wieso gehst du dann überhaupt noch hin? Was willst du von ihnen?", Kai ließ nicht locker. „Anscheinend brauchst du ihre Schläge, sonst würdest du sie dort belassen, wo sie sind und deine eigenen Wege gehen."

Frank sah ihn lange an. Dann sagte er langsam: „Du redest fast wie Fee. Wahrscheinlich habt Ihr beide recht. Fee sagt immer, dass ich sie lieben soll, wie sie sind, ich würde es als ihr Kind ja sowieso.

Anscheinend wollte ich doch zu sehr, dass sie Anteil an mir nehmen und an meinem neuen Leben. Aber sie können ihr Gefängnis nicht verlassen – und

Fee sagt auch, ich hätte kein Recht sie dort herauszuholen."

Kai nickte zustimmend, dann fragte er: „Was hat dich denn in diesen Zustand gebracht?" und deutete auf den Bildschirm, auf dem schon lange der Bildschirmschoner zu sehen war.

„Ich hatte Zeit zum Denken! Mir kam dabei ein Erlebnis, das ich vor ein paar Tagen mit ihnen hatte, wieder in Erinnerung. Ich hätte ein paar Euro gebraucht, um mir wieder eine neue Existenz aufzubauen. Keine großen Summen. Sie hätten es wieder bekommen, aber sie kramten uralte Kammellen aus und knüppelten mich nieder, dass ich nicht mehr leben wollte und schon gar nicht mit einer solchen Familie. Ich hätte Geld bekommen, wenn ich mir einen Job nach ihren Vorstellungen gesucht und Karriere gemacht hätte, wie zig Vorfahren auch." Frank war unendlich traurig und Tränen liefen ihm übers Gesicht.

Kai hörte nur zu. Er wusste nicht, was er ihm sagen konnte. Mehr zu sich als zu Kai sagte Frank: „Sie wollten in ihrem Leben einen gewissen Luxus und Kinder dazu. Die Kinder störten da oft. Ich war zwar viel unterwegs, jedoch meist allein und schon in den Kindergarten musste ich allein gehen. Dass ich mich davor fürchtete und Angst hatte, wollte keiner sehen. Es passte nicht in ihr Leben. Dazu war ich immer groß genug." Er musste seine Worte unterbrechen, denn es schüttelte ihn ein heftiger Weinkrampf.

„Heute haben sie Angst, dass ihnen ein paar Euro durch meine Pleite verloren gehen. Dass ich als Kind weitaus mehr verloren, beziehungsweise vermisst habe, das wollen sie nicht sehen."

„Das können sie auch nicht", unterbrach ihn Kai. „Du warst in Therapie, sagtest du. Dann solltest du wissen, dass sie es nicht anders gelernt haben."

„Das sagt Fee auch immer", warf Frank ein und sein Gesicht, wie auch seine Stimme, entspannten sich langsam.

„Und warum reagierst und handelst du dann entgegengesetzt?" Kai reichte Frank den Brotteller und nahm sich selbst auch eine Schnitte.

Frank griff nach einer Käseschnitte, biss halbherzig rein. „Weißt du, dass sie mich in der gesamten Verwandtschaft und bei allen Bekannten so schlecht gemacht haben, dass alle, die ich treffe, mehr als nur merkwürdig reagieren? Manches Mal dachte ich schon, sie wären heilfroh, hätte ich mit der Polizei zu tun. Sie wären dann die ‚ach so Gestraften'. Dass ich noch lebe und dass ich ihre Unterstützung im emotionalen Bereich bräuchte, wollen sie nicht sehen!"

Das Reden tat Frank gut, obschon ihm wieder Tränen über seine Wangen rannen und er einige Male schniefen musste, bevor er weiter reden konnte. „Es fällt mir nicht leicht sie dort zu lassen, wo sie stehen. Ich dachte immer, sie liebten mich. Zu erkennen, dass es dabei weniger um mich und mehr um ihr eigenes Ego geht, tat weh. Dann glaubte ich, sie hätten mich nur zur Egobefriedigung gezeugt, bis ich erkannte, dass sie mich liebten und alles gaben, was sie hatten. Dass mir dies nicht reichte, was ich bekam, hatte mit meiner Erwartung zu tun. Mein Therapeut meinte einmal, dass es fast allen Menschen so ergehe oder erging. Das machte es mir allerdings nicht leichter. Und wenn ich es mir recht überlege", er machte eine kurze Pause, „dann hänge ich wohl immer noch an dem alten Mist."

Beide schwiegen. Kai sagte schließlich mit gesenktem Blick: „Es geht dir nicht allein so. Was denkst du, warum ich hier wohne? Vater hätte mir zwar mit Geld innerhalb seines Rahmens geholfen, aber er hätte erkennbare Dankbarkeit erwartet. Ich bin zwar Mamas Liebling, wie es so schön heißt, aber wenn es um Gefühle geht, wird sie ruppig und abweisend. Irgendwann habe ich erkannt oder besser gesagt, habe ich erkennen müssen, dass ich etwas ändern muss, sonst ende ich genau so wie sie. Darauf hin bin ich ausgezogen. Ich glaube jedoch, ich muss noch einiges tun, bis es soweit ist, dass ich nicht so werde und lebe wie sie."

Die beiden Männer redeten noch lange miteinander und nach und nach konnte jeder von ihnen über seine Gefühle und darüber sprechen, was in jungen Jahren schief gelaufen war.

„Weißt du", sagte Frank irgendwann, „wenn ich es mir recht überlege, will ich nur etwas Anerkennung meiner Person und nicht meiner Leistung. Wenn ich meine Familie ansehe, und alle meine Großeltern leben ja auch noch, dann erkenne ich, dass sich ein imaginärer roter Faden über die Generationen hinweg-zieht. Immer wurde nur Leistung anerkannt, immer zählte nur was geschaffen wurde. Und diese Einstellung wurde von Generation zu Generation weitergegeben.

Kai sagte lächelnd: „Liebe sie trotzdem – das ist es, was ich doch gerade von dir gehört habe und liebe dich dazu."

Nachdenklich ergänzte er: „Ich habe da vor einiger Zeit etwas über das Verzeihen gelesen. Ich glaube da ist etwas dran, dass man sich und den anderen immer wieder verzeihen soll."

Es wurde eine lange Nacht, in der sich beide näher kennenlernten und so den Grundstein für eine Freundschaft legten, die nicht ständig gepflegt wurde, sondern *da war*, wenn sie gebraucht wurde.

≈≈≈

Sicher
von Ursula W Ziegler

Die Liebe hat dich gelehrt,
wie du atmen kannst.
Sie hat dir gezeigt,
wie du gehen sollst.

Jetzt stehst du da mit unsicherem Fuß,
traust dich nicht so ganz,
hast nichts,
woran du dich festhalten kannst,
nur *Dich* und die
Liebe zu Dir.

Gib dir etwas Zeit,
um dich kennenzulernen und,
um dich ganz sicher zu fühlen,
dass du auf deinen eigenen
Liebesfüßen gehen kannst,
genau so,
wie du ganz von alleine
atmest.

Sehnsucht ist unheilbar

Der Himmel war blau, wie meist, wenn Träume beginnen. Es war schon eine sehr lange Zeit her, dass sich Coco mit Bell das letzte Mal getroffen hatte. Es kam ihr fast vor, als wären sie noch Kinder gewesen. Coco schaute gedankenverloren auf ihre Schuhe und hörte Bells Fragen wie von weit her.

Als sie von Bell leicht angeschubst wurde, erschrak sie ein wenig. „Und?", drängte Bell, „wie haben sich deine Träume entwickelt? Du wolltest so viel erleben, reisen und eine Prinzessin werden. Was ist daraus geworden?"

Coco wollte nicht gleich antworten und fragte ihrerseits: „Und du, hast du alles erreicht?"

„Oh", sprudelte es aus Bell heraus, „fast nichts, was ich mir als Jugendliche vorgenommen hatte. Aber ich bin so glücklich geworden, dass mir die Träume von damals fast egal sind. Sie waren schön und sie waren wichtig. Und, was soll ich Dir sagen, für jeden alten Traum kamen mindestens zwei neue, die sich verwirklichen ließen. Heute lebe ich die meisten davon."

Coco hörte kaum zu. Der Ort, an dem sie sich mit ihrer alten Schulfreundin befand, war viel zu erinnerungsträchtig, als dass sie da ganz bei dem Gespräch bleiben konnte. Wie oft war sie hier gewesen, um für sich Zeit zu haben, um wichtige Dinge der Jugend mit guten und weniger guten Freundinnen zu besprechen. Die ersten Schwärmereien und Fantasien eines Teenagers, der zum ersten Mal verliebt ist. Wie lange ist das her? Heute sind die eigenen Kinder schon lange aus diesem Alter heraus und haben vielleicht bald selbst Kinder.

Nur am Rande hörte sie Bell zu, als diese von ihrem Leben sprach, von Gelegenheitsjobs und Kindern – zwei, wie sie. Von Krankheit und Unfällen, den schwierigen Zeiten danach, von der Firma, die verkauft werden musste, von Scheidung und –.

Wieder schweiften ihre Gedanken ab. Beide wollten nach dem Abi Karriere machen, die Welt kennenlernen. Was ist daraus geworden?

Bell hatte ihre Fühler Richtung Südeuropa ausgestreckt und lernte fleißig die rätoromanischen Sprachen, und das sogar sehr gut. Das Außenministerium war ihr Ziel, dort könnte sie, auf dem richten Posten natürlich, all die Länder bereisen, für die sie schwärmte.

Und sie selbst? Jung, sportlich aufgeschlossen, aus gutem Hause, hätte sie die Möglichkeit besessen in die Wirtschaft zu gehen, um dort Karriere zu machen. Doch dazu hätte sie studieren müssen. Vater hätte sie unterstützt, wenn sie gewollt hätte, aber sie ist lieber erst verreist, hat die Welt und das Leben kennengelernt. Sie erinnerte sich daran, wie umschwärmt sie war und wie sehr sie es genossen hatte. Und später dann, als sie Anfang, Mitte 20 war, standen ihr die Türen der Fürstenhäuser offen. Jedenfalls fast. Hätte sie damals „Ja" gesagt, wäre sie heute eine sehr reiche Frau.

Ab und zu gab sie Bell oberflächliche Antworten und stellte belanglose Fragen, aber Bell merkte es nicht, oder wollte es nicht bemerken und plapperte munter weiter.

Ja und dann war auch noch Bo. Für ihn hätte sie alles getan und würde es wohl immer noch tun, wenn er vor ihr stehen sollte. Wo war er eigentlich? Mit ihm konnte sie träumen und all ihre verrücken Ideen ausleben. Obwohl so viele Jahre und Jahrzehnte dazwischen lagen, sie liebte ihn in irgendeinem Winkel ihres Herzens immer noch.

„Warum ging das eigentlich auseinander?" Coco erschrak. Bell sprach aus, an was sie gerade gedacht hatte und fühlte sich erwischt. Betroffen zuckte sie mit den Schultern.

„Ich weiß es nicht mehr", sagte sie ausweichend.

Aber Bell ließ nicht locker. „Du hattest doch damals oft Streit mit deiner Mutter wegen ihm", sagte sie. „Hatte deine Mutter nicht auch den Beruf für dich ausgewählt?"

Das saß. In diese Ecke wollte sie nie mehr hinsehen. Zu viele Schmerzen saßen dort. „Bo passte einfach nicht zu mir", sagte Coco empört.

„Das glaubst Du doch selbst nicht", fiel Bell ihr ins Wort. „Ihr wart ein Traumpaar, wie man es nicht sehr oft trifft. Außerdem wolltet ihr ins Ausland zusammen, dein ganz großer Traum." Bell seufzte: „Coco, wann wirst du endlich ehrlich dir gegenüber? Du hast schon damals nicht gerne hingesehen und dich gewehrt." Abmildernd fügte sie hinzu: „Aber du musst nicht reden, wenn du nicht willst."

Coco hatte Tränen in den Augen und schluckte einige Male schwer, bevor sie etwas sagen konnte. „Du hast schon recht! Ich habe nur manches gut weggesperrt", meinte sie stockend. „Du hast ja selbst einiges mitbekommen. Aber Mama hat dann doch gesiegt oder sollte ich sagen, die Vernunft hat gewonnen? Ich habe mich danach bemüht vernünftig zu sein; es ist mir schwer gefallen, das darfst du mir glauben. Und meinen Beruf habe ich für Mama ausgesucht. Nun, ich glaubte es lange Zeit nicht, obwohl mich dieser Gedanke von Anfang an beschäftigte."

Coco schwieg und hing ihren Gedanken nach. Bell holte sie heraus, als sie sagte: „Weißt du, ich habe es auch so gemacht, zuerst jedenfalls. Dass ich im Marketing-Management gelandet bin, hatte Mutti ordentlich honoriert. Ich wollte geliebt werden und brachte Leistung und sie liebte mich, am Anfang zumindest, ein wenig mehr. Aber es verlor sich bald wieder und wurde wie früher – egal wie ich mich anstrengte.

Vati war etwas anders drauf. Bei ihm gab es schon mal Anerkennung. Nur, du kennst ihn ja auch, seine Devise war und ist: Frauen in die Küche. Als ich erkannte, was da so gespielt wird, habe ich alles daran gesetzt, es zu verändern. Wenn ich dich so ansehe, sehe ich, dass es bei dir genauso gelaufen ist. Du brauchst dich nicht zu verteidigen, ich weiß, dass es so ist." Ihre Stimme wurde ein wenig weicher und sehr zärtlich, als sie sagte: "Heute, lebe ich eine große Liebe, wie du sie mit Bo erfahren hast und ich sage dir, es war jede Mühe wert."

Sie schwieg und Coco war betroffen und ruhig. Mit den wenigen Sätzen hatte Bell es geschafft, ihr so schön aufgebautes Kartenhaus zum Einstürzen zu bringen.

„Meinst du wirklich, dass ich mich krumm gelegt habe, nur um ein bisschen mehr geliebt zu werden oder um Anerkennung zu bekommen?", fragte sie schließlich zaghaft. „Ich kann mich nicht über meine Eltern beklagen, ich bekam fast alles, was ich wollte".

„Außer Liebe und Anerkennung deiner Person", warf Bell ein. „Wenn es nicht so wäre, warum hast du dann all deine Pläne aufgegeben und am Ende sogar dich?", fügte sie noch hinzu.

Coco dachte nach. Bell hatte recht, laut sagte sie aber: „Wo kämen wir da hin, wenn wir all die Träume der Jugend verfolgen würden? Das geht nicht ..."

„Das geht sehr wohl!", unterbrach sie Bell. „Wir würden zu unserem Glück kommen, in unser Paradies. Aber weil es keiner in deiner Familie leben durfte, oder auch nicht in meiner, durften wir Kinder es auch nicht." Bell machte eine kurze Pause „Es tut weh, Coco", sagte sie gedämpft „dies alles zu erkennen, ich weiß es. Am meisten traf mich damals die Erkenntnis, dass ich bei meinen Kindern fast dieselben Fehler machte. Und bei dir dürfte es nicht viel anders sein."

Ungläubig schaute Coco Bell an. „Gehst du da nicht ein bisschen zu weit?", fragte sie bissig.

„Mit keinem Wort", entgegnete ihr Bell und sie erklärte ihr einige psychologische Zusammenhänge. Bei der Ausführung gingen Cocos Gedanken eigene Wege. Sie war überzeugt, alles für ihre Kinder richtig entschieden zu haben und sie auch in die richten Berufe gelenkt zu haben. Sie war schon immer tonangebend. Und bei sich selbst? Nun, sie durfte frei wählen, und dass sie sich dann doch für dieses mühsame Studium entschied, lag vielleicht auch daran, dass so viele schwere Krankheiten in der Familie waren. Da war es mehr als nur logisch, dass ...

Immer wieder griff Bell bei ihren Erklärungen in unverheilte Wunden. Dabei sprach sie auch über die Arbeit mit ihren Kindern und dem wunderbaren Verhältnis, das sie heute mit ihnen hat.

»Und meine?«, dachte Coco, »immer habe ich das unbestimmte Gefühl, dass sie froh sind, mich *nicht* zu sehen. Der Eine ist unglücklich, aber erfolgreich in seinem Beruf und die Andere scheint nie richtig erwachsen zu werden. Aber an mir liegt das nicht!«, sagte sie sich in ihren Gedanken, »die sind beide alt genug.«

Als hätte Bell ihre Gedanken gehört, sagte diese: „Wir denken immer, wir hätten alles richtig gemacht, schließlich sind wir Mütter, die rechte Hand Gottes und haben sogar ein Monopol darauf! Aber ich frage dich Coco, wie kannst du es richtig machen, wenn du es falsch gelernt hast? Wenn du nie nach deinem Gefühl leben durftest?"
Mit einem tiefen Seufzer fügte sie hinzu: „Ich saß auf einem ziemlich hohen Ross, Coco, was das anbelangt. Das darfst du mir glauben."

Sie griff nach einem Apfel und reichte Coco auch einen. Diese nahm ihn gerne und dankend an, brachte er doch eine kleine Pause in das seltsame Gespräch.
Während Coco langsam kaute, sah sie sich ihre alte

Freundin genauer an. Bell war zwei oder drei Monate jünger als sie und etwa gleich groß. Ihre Haare trug sie etwas länger und es wirkte durch die Locken, die sie hatte, etwas unordentlich. »Hatte sie die früher schon?«, fragte sie sich. »Vielleicht waren es Dauerwellen wie bei ihr auch, aber Bells Haare hatten einen leichten Glanz und ihre wirkten meist stumpf, fast leblos.« Sie überlegte auch, ob es überhaupt eine gute Idee gewesen war, dieses Treffen. »Alte Zeiten soll man ruhen lassen«, sagte sie sich im Stillen. Doch sah sie sich Bell immer noch genau an.

Irgendwie wirkte sie gut zehn Jahre jünger als sie selbst und sie sah auch so aus. Nichts an ihr war übertrieben und sie wirkte glücklich, das musste ihr Coco neidvoll zugestehen. So wollte sie auch einmal sein – glücklich!

Nach der Trennung von ihrem Mann gab es manche Liebschaft und Affäre und so mache Enttäuschung – das hat abgestumpft. Aber so hart, wie sie sich selbst empfand, hatte sie nie werden wollen. Etwas ist wohl schief gegangen. Sie sah sich um. »Die Zeit ist nirgendwo stehen geblieben«, dachte sie, als sie die bebauten Felder sah. Dort wo in ihrer Jugend Wiesen und Äcker gewesen waren, war heute ein Neubaugebiet.

»Kein Platz, kein Raum für einen Traum«, sinnierte sie vor sich hin. Sie hatte den Apfel fast aufgegessen, als sie fragte: „Wie hast du den Absprung geschafft?" Sie war über sich selbst erstaunt. Solche Fragen kamen sonst nie über ihre Lippen, sie war immer die Große, die gefragt wurde, und nicht umgekehrt.

Bell zögerte einen Moment mit der Antwort und schaute sie direkt an. „Um ehrlich zu sein", begann sie,

„ich weiß es nicht recht." Sie warf den Apfelstrunk ins Gebüsch – „Für die Amseln", sagte sie, dabei setzte sie sich wieder bequem hin und fuhr dann fort. „Ständig war ich auf der Suche, weil ich mich leer fühlte, unverstanden und ungeliebt. Bei einer Reise nach Bali kam ich mit spirituellen Themen in Berührung und ich wurde zu einer Meditation eingeladen. Ich verstand kein Wort von dem, was gesagt wurde und ich habe mir bei meinem Begleiter abgeschaut, was ich zu tun hatte. Das Gefühl, das dort bei dieser Meditation aufkam, überwältigte mich und ich musste lange und heftig weinen. Später erfuhr ich, dass das Thema der Session „Träume" gewesen war. Zu jener Zeit hatte ich keine eigenen Träume mehr."

Bell machte eine lange Pause und sah Coco dabei direkt in die Augen, ehe sie weitersprach. „Selbst zu Hause hat dieses Erlebnis, genau wie der Rest der Reise, noch nachgewirkt und ich begann mich, um meine Träume zu kümmern", sie holte tief Luft, „vor allem um mich zu kümmern", sagte sie und stieß hörbar den Atem wieder aus. „Ich war hartnäckig, zäh und stur mir selbst gegenüber", sagte sie lachend, „aber ich habe es dann schließlich doch geschafft mir selbst zuzuhören und mich ernst zu nehmen. Mein Therapeut brauchte gute Nerven damals und ich gestehe auch, dass ich einiges an Geld in Kursen gelassen habe, um mich zu finden."

Lächelnd meinte sie weiter: „Ich wollte ein riesiges Haus mit allen Schikanen. Glücklich bin ich heute in einem kleineren, überschaubaren Haus, in dem sich Gäste genauso wohl fühlen, wie wir, Joe und ich. Erfüllung finden wir in unserer Arbeit und wenn wir gemeinsam durch die Natur streifen. Wir sind stets auf

Entdeckungstour, oder haben etwas zu sammeln." Sie strahlte über das ganze Gesicht, als sie darüber sprach und fügte leicht euphorisch hinzu „Du musst uns besuchen, Coco, es würde Dir gefallen!"

Die Zeit schien stehen zu bleiben und in diesen unendlichen Augenblicken schien ein ganzes Leben an beiden vorbei zu ziehen. Eine ganze Weile sahen sich die Freundinnen schweigend an.

Dann nickte Coco: „Ok", meinte sie, „aber zuerst habe ich etwas Wichtiges zu erledigen, und du bist die Erste, die es erfahren soll. Vielleicht erinnerst du dich: »*Sehnsucht ist unheilbar.*« Zuerst kaufe ich mir meinen fahrbaren Traum", sagte Coco lächelnd, „mein rotes Cabrio, und dann sehe ich nach, was aus Bo geworden ist und dann", sie überlegte einen Moment, „komme ich und hole dich für zwei, drei Tage, um nach Florenz zu fahren. Im Cabrio, versteht sich."

Bell sprang auf, nahm voll Freude Cocos Hände, zog sie an sich heran und drückte sie fest, um gleich darauf wie eine Wilde zu hüpfen und zu springen. „Dass du das noch weißt", rief sie ein ums andere Mal, „dass du das noch weiß! Unser alter Traum, unser gegenseitiges Versprechen! Wundervoll!"

≈ ≈ ≈

Träume
von Ursula W Ziegler

Träumen,
ist das Eintauchen in eine Welt
ohne Schranken,
ohne erhobenen Zeigefinger,
ohne Tabus.

Träumen,
ist das Eingestehen der Sehnsucht
nach einer harmonischen Welt,
nach Liebe ohne Bedingung,
nach Freiheit ohne Grenzen.

Träumen,
ist der Versuch, Verantwortung zu tragen
für das, was ich vom Leben erwarte,
für eine Realität, die zu schwer wiegt,
weil in ihr nichts Leichtes ist,
für die Freude, die das Leben mir bietet
und die ich mir verweigere.

Adam

Warum willst du mit mir streiten?" Der Herr im schwarzen Anzug und rotem Hemd schaute sein Gegenüber grimmig an.

„Ich will nicht streiten", sagte dieser gelassen, „ich will nur nicht akzeptieren, was du sagst."

Der Herr in Schwarz und Rot wurde zornig und entgegnete mit aufgebrachter Stimme: „Du wagst es, meinen Worten zu widersprechen? Sie sind Gesetz und dulden keinen Widerspruch."

„Ich widerspreche nicht", sagte der Andere wieder, „ich glaube nur nicht daran, dass du jeden bekommst, den du willst."

Der schwarz gekleidete Herr stieß seinen heißen Atem hörbar aus und überlegte kurz, lächelte süffisant und sagte daraufhin: „Adam, dein Leben ist doch Beweis genug, was willst du noch mehr?!"

Adam sah sein Gegenüber mit großen Augen an: „Meinst du?", sagte er fragend. „Immerhin sitze ich noch hier und unterhalte mich mit dir und", er machte eine kleine Pause, „mir geht es recht gut dabei."

Dies passte dem Herrn in Rot und Schwarz absolut nicht. Sichtlich wurde er wieder mürrischer. „Dass du noch hier bist, liegt an der stümperhaften Arbeit meiner Mitarbeiter." Schon wieder war er sehr aufgebracht. „Was glaubst du, warum ich hier bin", stieß er hervor, „wenn man nicht alles selbst macht."

„Dann muss ich ja ein ganz besonders gutes Objekt sein, wenn der Chef persönlich kommt und doch nicht so klein und leicht zu knacken, wie du sagst."

Man konnte ein leichtes Lächeln auf Adams Gesicht sehen, das ihm aber sehr schnell wieder verging, denn seine unüberlegte Reaktion hatte sofortige Folgen. Die Luft um ihn herum wurde plötzlich eisig und stach wie mit spitzen Nadeln in seine Haut. Das Atmen fiel ihm schwer und er hielt sich die Hände vor Nase und Mund, damit die Luft in den Lungen nicht gar zu sehr schmerzte.

Er fand sich wieder in einem langen, breiten Gang, den er rennend und vor Schmerzen schreiend entlang lief. Der Schmerz schien überall zu sein, über ihm und unter ihm und in ihm drinnen. Er schien ihn einzuatmen und bei jedem Ausatmen wurde er lauter und unerträglicher. Der Schmerz peinigte ihn bis in jede Zelle. Er wand sich und musste sich fast übergeben, lief und schrie. – Doch halt, etwas war nicht real, er konnte überhaupt nicht mehr rennen. Ein Unfall hatte das vor vielen Jahren abgestellt. Plötzlich begriff er. Sein Gegenüber hatte ihm etwas vorgespielt, etwas, das wohl mit ihm zu tun hatte, doch schien es sehr weit weg zu sein. Schon lange hinter ihm zu liegen.

Adam holte tief Luft, blinzelte mit den Augen und sagte verstört: „Was soll das, willst du mich damit einschüchtern?"

Das Gesicht des schwarzen Herrn wurde blass vor Zorn.

„Weißt du", fuhr Adam etwas trocken fort, „ich bin Psychologe und da arbeite ich ab und an auch mit inneren Bildern. Ich muss aber gestehen, dass du um Längen besser bist als ich." Anerkennend nickte er: „Ich kann noch viel von dir lernen", fügte er hinzu. „Ob ich es will, weiß ich noch nicht."

Über soviel Unverschämtheit war auch der Teufel sprachlos. Dieser starrte Adam nur fassungslos an.

Ein kleines Mädchen kam angehüpft und sah die beiden Männer neugierig an, wie sie so schweigend da saßen und miteinander Kaffee und heiße Schokolade tranken. Die Kleine lächelte Adam und seinen Gesprächspartner breit und entwaffnend an.

„Wie heißt du denn?", fragte sie und sah dem Teufel lächelnd ins Gesicht. Der tat als habe er nichts gehört und Adam nahm die Frage, die an Mephisto gerichtet war, nicht ohne innere Genugtuung auf. Da schien eine Schwachstelle bei seinem Gegenüber zu sein, die Vorteile versprach.

„Also", sprach Adam, „ich bin Adam, das ist Mephisto und wer bist du?"

Das Mädchen sah Adam an: „Ayasha" sagte sie. „Kann dein Freund nicht sprechen?"

Adams Blick ging zu seinem Gegenüber, der schon wieder fassungslos erschien und sich zudem bei den letzten Worten des Mädchens ordentlich an seinem Kaffee verschluckt hatte, den er gerade trinken wollte.

„Ayasha", wiederholte Adam schnell, um nicht lachen zu müssen, „das ist aber kein Name von hier."

„Nein", entgegnete ihm das Kind sehr stolz und selbstbewusst, „das ist arabisch und heißt so viel wie Leben."

Schon wieder verschluckte sich Mephisto und musste kräftig husten. Flink wie ein Wiesel sprang das Kind zu ihm hin, um ihm mit der Hand auf den Rücken zu klopfen.

"Was hat dein Freund, kann er auch nicht richtig trinken oder ist der Kaffee zu heiß?", rief sie Adam zu. Der sah nur belustigt die aufsteigende Blässe in Mephistos Gesicht.

Noch ehe die kleine Hand richtig auf Mephistos Rücken landen konnte, hatte dieser sich wieder gefangen und schüttelte wütend seinen Kopf. „Geht man so mit Erwachsenen um", sagte er barsch. Erschrocken hielt das Kind inne und Adam war es, als sei sein Gegenüber unter der Hand des Kindes zusammengezuckt und etwas geschrumpft.

„Ach, so bist du!", hörte er das Kind sagen. Dann zuckte es mit den Schultern, lächelte Adam noch einmal offen und herzlich an und hüpfte davon.

Adam war verwirrt. Was hatte das Kind gesagt, fragte er sich. Nein, er korrigierte sich, es war eine Feststellung gewesen, »so bist du«, hatte es gesagt und war verschwunden.

Und Mephisto, was hatte er gegen Kinder oder gegen das Kind. Warum wurde er blass, als das Mädchen ihn berühren wollte. Wie hieß sie noch gleich? Ihr Name wollte ihm nicht sofort einfallen. Er erinnerte sich nur an die Bedeutung, 'so viel wie Leben'. Warum hatte Mephisto sich gleich zwei Mal verschluckt? Frage um Frage ging ihm durch den Kopf, während er nach seiner Tasse Schokolade griff und sein Gegenüber aufmerksam betrachtete.

Dieser hatte sich wieder voll im Griff, wie man so schön sagt, doch war es ihm deutlich anzusehen, dass ihm dieser Zwischenfall nicht sonderlich gefallen hatte. Adam sah das erschrockene Gesicht Mephistos im Geiste noch einmal vor sich, als das Kind ihm auf den Rücken klopfen wollte, und konnte ein Schmunzeln nicht unterdrücken. „War das nicht ein süßes Mädchen", wollte er sagen, als er sah, wie eine schöne Frau sich auf ihn zu bewegte und die Arme ausbreitete. Er erkannte sie sofort und lief auf sie zu. Sie nahmen sich in die Arme und hielten sich lange eng umschlungen und Adam war selig. Er wusste es ganz genau, er hielt die Liebe seines Lebens im Arm und ein wohliges Gefühl ging durch seinen Körper. Er hob die Frau hoch und wollte sich mit ihr vor Freude und Glück im Kreise drehen, als er wieder das Gefühl hatte, da stimme etwas nicht. »Ich kann weder eine Frau hoch heben noch mich mit ihr drehen«, dachte er. Aber er wollte auch zu gerne bei diesem Glücksgefühl bleiben. Was tun? Er sah seiner großen Liebe in die Augen, sah das Mädchen, das Leben heißt, und spürte gleichzeitig den Schmerz des Abschieds.

„Willst du mich Weichkochen?" Adam schrie fast, sodass einige der anderen Gäste aufsahen. Er blinzelte mit den Augen, um ganz aus dem Geschehen heraus zu kommen. Dann nahm er einen großen Schluck seiner noch heißen Schokolade und spürte dem Fluss der Flüssigkeit nach, wie sie sich ihren Weg ins Innere seines Körpers suchte. Mit der Zunge holte er sich Reste der Sahne von den Lippen, als er schon wieder in die Augen einer Frau sah. Sie hatte einen Säugling auf dem Arm und er spürte die Freude in sich aufsteigen, als er das erste Mal Vater geworden war und auch das zweite Mal. Gleichzeitig war er sich bewusst, dass es wieder nur ein Bild aus seinem Inneren war.

„Was hast du gegen Kinder, Mephisto?", fragte er unvermittelt und das Bild verschwand. Adam sah

Mephisto fragend an. Für ihn etwas zu großspurig sagte dieser „nichts".

„Warum zuckst du dann unter der Berührung eines Kindes zusammen und wirst kleiner?", setzte Adam forsch hinzu.

„Wieso konntest du das sehen?", fragte Mephisto aufbrausend.

„Ich bin Therapeut", sagte dieser lapidar. „Ah", sagte Adam plötzlich, als ginge ihm ein erkennendes Licht auf, „du hast etwas gegen das Leben und die Herzlichkeit, die das Kind ausstrahlte."

„Ja", fauchte Mephisto „und gegen das sofortige Erkennen mancher dieser kleinen Biester."

Während Mephisto sprach, gewahrte Adam eine vage Frauengestalt hinter diesem, die ihm bekannt vorkam. Doch er wurde etwas abgelenkt durch die Antwort, die er hörte. „Du hast Angst vor Kindern?", hörte er sich ungläubig und gleichzeitig belustigend fragen.

Sofort wurde die Frauengestalt hinter Mephistoteles deutlicher und Adam erkannte mit Schrecken die Verschlagenheit, die Boshaftigkeit und die enorm starke egoistische Neigung dieser Frau und er erkannte sprachlos, wer sie war. Als hätte sie Adams Erkennen bemerkt, lächelte sie ihm kalt und verschlagen zu.

„Was hast du?", hörte er Mephisto fragen und gleich darauf kam ein erkennendes „Oh, das war nicht geplant." Adam schüttelte sich, um das Gesehene loszuwerden, aber es gelang ihm nicht recht.

Er sah Mephisto wieder fest an. „Was willst du von mir?", fragte er ihn gerade heraus.

Dieser lächelte süffisant und sagte knapp: „Dich, aber freiwillig."

Adam sog hörbar die Luft tief ein und fand sich im Kreis einer seiner Veranstaltungen wieder. „Das kann mich nicht beeindrucken", sagte er und sah sich um. Die Räumlichkeit war hervorragend ausgestattet und die Teilnehmerzahl schien doppelt so groß zu sein wie sonst.

„Hast du nichts Besseres", sagte er gelangweilt und wollte nach seiner Tasse greifen, als sich eine Frauenhand auf die seine legte. »Ayasha«, schoss es ihm durch den Kopf, »Leben, aber ohne -,« und schlug die Hand die sich auf die seine gelegt hatte ruckartig weg. Mit einem lauten Klirren ging die Tasse zu Bruch und ihr Inhalt ergoss sich über sein rechtes Hosenbein und das Straßenpflaster.

»Warum sitze ich noch hier«, fragte er sich, »ich habe genug.« Aber aufstehen und gehen konnte er auch nicht, irgendetwas hielt ihn fest.

Als die Kellnerin kam, um ihm beim Aufsammeln der Scherben zu helfen, konnte er nur so etwas wie eine Entschuldigung stammeln, zu mehr war er nicht fähig, denn er sah jene Frauengestalt in ihrem Gesicht wieder und wie sie ihre Hand auf die seine legte und ihn zu einem luxuriösen Auto führte, um mit ihm zu einem prunkvollen Haus zu fahren. All das gehörte ihm, wie auch dieser Frau.

„Eine neue, ja bitte", hörte er sich stammeln und als er wieder auf seinem Stuhl saß, wurde es ihm speiübel. Er sah sich vorsichtig um, aber keiner der anderen anwesenden Gäste hatte anscheinend etwas bemerkt. Alles in ihm sträubte sich gegen die letzten Bilder, obwohl in ihnen ein gewisser Reiz lag. Er versuchte sich Tatsachen ins Gedächtnis zu rufen.

Er, Adam, hatte es gewagt, genau diese Frau abzuweisen, die ihn anscheinend zu einem so luxuriösen Anwesen fuhr.

»Nein«, ein Aufschrei ging durch ihn und verstärkte die Übelkeit, »niemals mit ihr! Das wäre mein Untergang!« Er sah sich plötzlich wie im Fieber dieser Frau gegenüber, wie er ihr die Füße küsste, sich verbeugte wie ein reuiger Hund. Dann schob sich unvermittelt das Bild einer anderen jungen Frau darüber und es sah aus als stände sie nahe an einem Abgrund und mit ihr ein älterer Mann. Er sah, wie beide sich ganz langsam von diesem Abgrund weg bewegten und wie er, Adam, ihnen dabei half, Sicherheit und Liebe in ihrem Leben neu aufzubauen. Doch so wie es kam, verschwand das Bild wieder und erst beim Auflösen des Bildes erkannte er die zwei Menschen. Es waren Klienten von ihm, denen er erst vor kurzem geholfen hatte, einen neuen Lebensweg zu beschreiten. Das Bildnis von Alex, der Frau die er zurückwies, kam wieder in den Vordergrund. Ihr Gesicht war zu einer Fratze verzerrt und er hörte ihre boshafte, Unheil verkündende Stimme mit den Worten: »Du gehörst mir!«

»Daran bist du interessiert, Mephisto«, schoss es ihm verschwommen durch den Kopf, »an meinen Klienten.« Dann war er wieder klar.

Die Bedienung kam und brachte eine neue Tasse heißer Schokolade mit Sahne. Adam verspürte noch eine leichte Übelkeit, bedankte sich und lächelte schüchtern der Kellnerin zu, was sonst nicht seine Art war. Er liebte mehr die direkte Ansprache bei einer Frau. Zu seiner Erleichterung behielt sie dieses Mal ihr Gesicht und veränderte sich nicht.

Adam sah Mephisto absichtlich nicht an. Er brauchte Zeit, sich von dem Erlebten zu erholen und um alles wirken zu lassen. Seine letzten Jahre liefen wie in einem Film vor seinem geistigen Auge ab. Er liebte seine Arbeit, sie gab ihm Kraft und Halt und die Menschen, denen er half, liebten ihn dafür, auch wenn die Hilfe nicht immer bequem umzusetzen war. Er konnte auch sagen, er war seine Arbeit und deshalb hatte er damit Erfolg. Nur in der Liebe blieb der dauerhafte Erfolg, wenn man es so nennen durfte, aus.

Adam schlürfte an seiner heißen Tasse und war gerade im Begriff sie abzusetzen, als er mit der freien Hand instinktiv in die Luft griff, um etwas aufzufangen. Es war ein Tennisball und gleich darauf tauchte an seinem Tisch ein sommersprossiger Junge mit roten Haaren von etwa 10,11 Jahren auf.

„Entschuldigung", japste dieser mit hochrotem Kopf, „ich habe wohl etwas zu fest geworfen."

Er wollte schon seinen Ball aus Adams Hand nehmen, der ihn ihm entgegenhielt, als er Mephisto ein wenig streifte.

„Kannst du nicht aufpassen", herrschte dieser den Jungen an. Adam erschien diese Szene im Nachhinein als sei alles in Zeitlupe abgelaufen. Zuerst war der Junge erschrocken über die Art und den Ton der Zurechtweisung, dann jedoch strahlte er Mephistoteles an und es sah fast so aus, als wollte er ihm einen Kuss geben. Schließlich hörte Adam den Jungen sagen: „Ach so, du bist es!" Der Junge griff nach seinem Ball, bedankte sich bei Adam, entschuldigte sich bei Mephisto, fasste ihn dabei am Arm und lief davon.

Adam sah ihm verwundert nach. Als er sich seinem Gegenüber zuwandte, musste er sich gehörig auf die Lippen beißen, um ein lautes Auflachen zu vermeiden. Über dem Kopf von Mephisto schwebten kleine Zornesrauchwolken. Diese sollten noch eine Weile bleiben, denn über die Straße kamen einige Personen auf das Straßencafé zugelaufen und aus der Menge ertönte laut und deutlich hörbar: „Hallo, Adam."

Eine Frauenhand winkte Adam entgegen, der sich zur Ruferin umdrehte. Gleich darauf standen vier Frauen, zwei Männer und drei Kinder bei Adam und Mephisto am Tisch. Adam wurde aufs Herzlichste begrüßt und geküsst. Selbst die Kinder freuten sich, Adam zu sehen. Er stellte Mephistoteles kurz vor. Dieser nickte nur verstimmt. Adam nahm es zur Kenntnis und fügte es seinen Eindrücken über Mephisto hinzu.

Die Kinder betrachteten sich Mephisto neugierig und zeigten keine Scheu. Die Erwachsenen hingegen wurden schnell unruhig, ohne dass sie wussten, warum, und verabschiedeten sich bald wieder. Noch einmal wurde geherzt und geküsst und das Kleinste der Kinder drückte Mephisto blitzschnell einen Kuss auf die Wange.

„Dich hab' ich auch lieb", sagte es und war weg.

Als solle es so sein, drehte sich Adam just in diesem Moment zu Mephisto hin und sah alles. Dieser wusste nicht, wie ihm geschah. Er wurde rot und weiß im Gesicht, die Rauchwolken über ihm wurden riesig und schwarz, dann wieder klein und weiß und eckig und gelb, was nur vorkam, wenn er sich besonders ärgerte.

„Hat dich das Kind beleidigt?", fragte Adam so unbeteiligt wie möglich und konnte nur mit Mühe sein Lachen unterdrücken.

Mephisto erwiderte nichts. Er sah Adam nur kalt an.

Adam dagegen fühlte sich wohl. Er hatte ein tiefes, fast gänzlich zufriedenes Gefühl in sich. Er lag ausgestreckt auf einem wunderschönen Bett, neben ihm eine schöne nach Luxus aussehende Frau. Sein Blick ging nach draußen. So hatte er es sich immer gewünscht. Die Geschäfte liefen ausgezeichnet, er hatte genug Zeit für Dinge, die er mochte, eine Frau, die ihn liebte, ein schönes Haus, alles bezahlt, einfach ein tolles Leben. Er sah sich die Frau, die neben ihm schlief an. Sie war schön, ihr Körper makellos und ein Lächeln huschte ihm über das Gesicht bei der Erinnerung an die letzten Stunden, die er mit ihr im Bett verbracht hatte. Eine süße Erinnerung.

Leichtfüßig sprang er aus dem Bett, ging ins Ankleidezimmer und verspürte wie so oft eine Kühle und Leere in sich. Etwas fehlte. Er sah das Gesicht der Frau nachdenklich an. »Alex«, dachte er, »seitdem ich mit dir zusammen bin läuft alles perfekt. Wie lange ist das eigentlich schon her?« Er überlegte, kam aber zu keinem Ergebnis. Gerade hatte er sich angezogen und war im Begriff die Stufen hinunter ins Esszimmer zu springen, als im klar wird: »ich kann doch gar nicht springen, es ist wieder nur ein Bild.«

Er wollte blinzeln, um die Eindrücke los zu werden, aber es gelang ihm kaum. Er hörte eine liebliche Stimme, die sagte: »Bleib doch! Du kannst noch viel mehr haben, bleib Liebster, bleib!« Die Stimme versprach viel. In ihr lag die Erfüllung seiner Sehnsucht nach Ankommen in der Liebe und Seligkeit, nach Harmonie, Glück und Liebe.

– Liebe, das Wort erzeugte einen Widerhall, der immer lauter wurde, wie ein großer Gong der immer wieder angeschlagen wird. Liebe, Liebe, …

„Das ist es!", rief Adam laut auf und war mit einem Schlag hellwach. Er sah Mephisto geradewegs in die Augen. „Du hast Angst vor der Liebe!" Adams Augen begannen verstehend zu leuchten.

„Die Kinder", sagte er sinnierend, „die neue Generation kann nicht lügen, sie sind ehrlich und durchschauen dich sehr schnell. Deshalb magst du sie nicht."

Mephisto verzog keine Miene.

„Genau deshalb kannst du mich nicht auf deine Seite bringen, weil …"

„Hallo Adam!", wurde er unterbrochen, »weil ich von zu vielen geliebt werde und diese Liebe ehrlich ist«, wollte er noch hinzufügen.

Stattdessen ergänzte er erkennend: „Das Licht der Liebe magst du auch nicht, denn Licht ist Liebe und mit beiden ist deine Herrschaft gefährdet." Immer noch sah er Mephisto fest an, begrüßte aber gleichzeitig seinen alten Freund Lucius mit den Worten: „Willst du dich nicht zu uns setzen?"

Lucius verneinte, sah von Adam zu Mephisto und wieder zurück und es war ihm sichtlich anzumerken, dass er sich in diese Unterhaltung nicht einschalten wollte.

„Ich komme später vorbei, wenn ich mit meinen Einkäufen fertig bin und ihr noch hier seid", sagte er und fügte im Weggehen noch hinzu, „ich treffe mich mit Myra."

Geräuschvoll stieß Mephisto seinen Atem aus. „Nicht die auch noch!", zischte er. Adam zog seine Stirn in Falten. „Was hast du gegen sie? Die müsste dir doch gefallen mit ihrer Hexerei, die sie immer wieder macht."
Der ungläubige Gesichtsausdruck von Mephisto ließ Adam unsicher werden. „Was ist mit ihr?", fragte er etwas patzig.

„Du scheinst deine Freunde nicht gut zu kennen", Mephisto grinste breit und genoss Adams Unbehagen sichtlich.
„Wieso?", wollte dieser trotzig wissen. Statt einer Antwort tauchte hinter Mephisto ein Mann auf. Erst beim zweiten Hinsehen erkannte er, dass es Hans war, ein Klient und gemeinsamer Bekannter von ihm und Myra. Bekannter war vielleicht etwas übertrieben, man kannte sich, das war es auch schon.
Irgendetwas ging von Hans aus, das ihm ein wenig die Sicht nahm. Es sah aus wie ein grauer Schleier. Adam blinzelte ein paar Mal mit den Augen, danach war alles wieder klar, oder doch nicht? So, wie er jetzt saß, hatte er den Eindruck, dass Hans etwas vor ihm verbarg oder zurückhielt, aber gleichzeitig auch wieder nicht. Die Geschäftsideen, die Hans immer wieder brachte, waren gut, wenn auch noch keine davon für ihn zustande kam.
»Ich bin die Liebe« entstand als unvollständiger Satz in seinem Kopf. Woher kannte er diesen Satz.

Irgendwo hatte er ihn schon einmal gelesen. Adam überlegte angestrengt. Da war auch noch ein Nachsatz dabei, »wie ging denn der nur gleich?«

„Oh, nein!", hörte er Mephisto plötzlich stöhnen und mit einem lauten Zischen verschwand dieser. Adam erschrak und sah sich Myra gegenüber. *„Ich bin die Liebe, als mein Leben. –* Jetzt weiß ich's wieder, der Satz ist von dir!" Er begrüßte die verwundert dreinschauende Myra, indem er ihr seine Hand hinstreckte und überrascht fragte: „Wo kommst du denn her?" –

„Vom Himmel", antwortete Myra und lachte laut auf. „Das ist vielleicht eine merkwürdige Begrüßung", sie lachte immer noch. „Ja, der Satz stand mal als Bildschirmschoner auf meinem PC und du konntest damit nichts anfangen. Aber sag' mal, was hatte denn dein Freund gegen mich, dass er so eilig verschwand als er mich sah?"

Myra sah Adam fragend an. Dieser zuckte nur mit den Schultern. „Na das macht nichts", meinte sie lächelnd. „Ich treffe mich gleich mit Lucius. Hast du nicht Lust mitzukommen?" Myra schickte sich bereits an, weiterzugehen.

„Nein", sagte Adam, nachdem er einen Moment überlegt hatte. „Lucius wollte nach eurem Einkauf hier vorbeikommen, komm doch du auch mit, wenn du willst."

Myra nickte und sagte: „Ja, das ist eine gute Idee. Ich komme mit." Sie war schon zwei Schritte von Adams Tisch entfernt, als er ihr nachrief: „Und was machst du heute mit dem Satz?"

Myra blieb stehen und musste kurz überlegen, was Adam meinte. Dann erhellte sich ihr Gesicht und sie sagte lachend: „Natürlich danach leben, was sonst!" Dann war sie weg.

≈≈≈

Adam war allein. Mephisto tauchte nicht wieder auf und er hatte Zeit alles Erlebte nachwirken zu lassen. »Natürlich danach leben« klang es in seinen Ohren nach. »Ayasha, das ist arabisch und heißt soviel wie Leben«, erinnerte er sich. Und »etwas gegen das Erkennen dieser kleinen Biester« – auch Mephistos Stimme tauchte in seinen Gedanken auf. »Mephisto hat Angst vor dem Leben und der Liebe«, sinnierte Adam – »und was ist mir?«, fragte er sich.

»Ich bin die Liebe, als mein Leben – natürlich leben.«

Langsam begann sein Kopf zu rauchen, und wer genau hinsah, entdeckte kleine weiße und rosa Wölkchen über seinen Kopf.

Er hatte einiges zu überdenken.

≈≈≈

Schutz
von Ursula W Ziegler

Wen hältst du dir, so wie du bist, vom Leib?
Gegen was schützt du dich,
indem du dich so „herunterwirtschaftest?"
Du sehnst dich nach Liebe,
und wehrst dich gegen sie.
Du wünschst dir Nähe,
und lässt keinen an dich heran.
Du sorgst dafür, dass das, was du dir ersehnst,
vor dir zurückweicht.

Doch du bist nicht so!!

Dein Herz ist voll mit Liebe,
es hat nur Angst verletzt zu werden.
Liebe es dafür.
Liebe dich dafür.

Zeige dein Herz, es ist schön!

In dir ist unendlich viel Bewegung,
Du hast nur Angst, dich zu zeigen.
Einer könnte über dich lachen.

Bewege dich,
deine Anmut kann sonst nicht gesehen werden,
und deine Schönheit.

Angst kannst Du überwinden.

Es ist *nur* ein Gefühlszustand,
wie Glück,
oder Liebe und
es ist deine Angst.
Und wer ist dir näher als du?
Schicke die Angst dorthin, wo sie hingehört,
wo immer das auch sein mag.

Vor Verletzung schützt,
verletzlich sein.

Vor dem Auslachen schützt,
mitlachen.

Vor dem „Herunterwirtschaften" schützt
Selbstachtung.

Dich lieben, wie Du bist.

Gefallener Engel

Die Stimme, die Jo vernehmen konnte, war klar und deutlich, nur das Gesicht, das dazugehörte und der Rest, war undeutlich verschwommen. Es lag wohl daran, dass sie noch zu müde war.

„Ist es das, was du leben willst?", hörte sie die Stimme fragen. Sie war bestimmend, ohne Härte, Zorn oder Ähnlichem, jedoch mit viel Verständnis. So jedenfalls erschien es Jo, die in ihrem Bett lag, nicht fähig sich richtig zu bewegen.

Jo konnte auch nicht sagen, ob die Person, die an ihrem Bett saß, männlich oder weiblich war. Eigentlich war es ihr auch egal. Sie fühlte sich in ihrer Gegenwart geborgen und das Wichtigste war für sie im Moment, dass sie nicht alleine war.

»Warum liege ich hier?«, schoss es ihr durch den Kopf. So schnell, wie der Gedanke kam, war er wieder weg. Sie wollte ihren Kopf drehen, damit sie die Person an ihrem Bett besser erkennen konnte, doch dieser schmerzte höllisch, und so ließ sie es wieder sein.

„Ist es das, was du wirklich willst? Bist du glücklich?", wiederholte die Stimme.

Jo erschrak ein wenig, sie musste wohl eingenickt gewesen sein. „Hier zu liegen mit Kopfschmerzen, bestimmt nicht", war ihre Antwort.

Ihr Gegenüber lächelte, zumindest erschien es Jo so. „Du weißt, was ich meine!"

„Gib doch endlich Ruhe. Nein, es ist nicht das, was

ich will!", gab Jo trotzig zurück. „Ich will unbeschwert lachen, aktiv sein, leicht leben und", es strengte sie an zu sprechen, „lieben ohne all die faulen Kompromisse. Endlich wieder ganz *ich* sein."

Dann war sie still und ein paar Tränen liefen ihr über die Wangen.

„Warum tust du es nicht?", hörte sie die Stimme wieder.

„Warum tu ich was nicht?", wiederholte Jo langsam. Das Reden und Denken fielen ihr schwer. Ihr Blick wanderte zur anderen Seite des Raums und durchs Fenster, hinaus zu den grauen Wolken am Himmel. »Genau wie mein Leben«, ging es Jo durch den Kopf. Sie wollte sich erinnern, wo sie war und warum, aber es gelang ihr nicht so recht. Immer wieder schien es ihr, als schliefe sie ein oder als befände sie sich in einem tranceähnlichen Zustand. Auch schien die Zeit keine Zeit zu haben, keinen Bezug zu irgendeinem Raum und so überließ sie sich dem Gefühl zwischen Wachen und Träumen.

Träumen, nein das tat sie nicht, sie war sich trotz ihres eigenartigen Zustands sehr bewusst.

Trance, tiefer sinken lassen. Jos Gedanken sprangen zwischen Gefühl und Ratio, zwischen der Frage ‚warum tust du es nicht' und ‚tiefer sinken lassen'. „Warum tu ich was nicht?" Ihre eigenen Worte holten sie aufs Neue wieder zurück. Vielleicht verhinderten sie auch, dass Jo einschlief.

„Dich leben", hallte es in ihren Gedanken.

„Wer bist du?", fragte sie die Gestalt an ihrem Bett, „ich kenne dich, aber ich kann dich nur verschwommen sehen."

„Joan, bin ich", kam es zurück.

"So werd' ich hin und wieder auch genannt", lächelte Jo. Dann kramte sie in ihren Erinnerungen, fand aber keine Person, zu welcher dieser Name passte.

„Woher kennst du mich?", fragte Jo weiter.

„Ich war dabei, als du gefallen bist", bekam sie zur Antwort.

„Gefallen?", wiederholte Jo, „gefallen?" Langsam kam die Erinnerung. „Oh, ich glaube ich erinnere mich", sagte sie, „ich stürzte."

„Nein", unterbrach sie Joan, „du bist gefallen, nicht gestürzt. Ein Sturz hätte ich nicht abfangen können."

„Wieso", fragte Jo verstört, „es ist doch das Gleiche ob ich sage gestürzt oder gefallen."

Wieder sagte Joan: „Nein. Es ist nicht gleich, jedenfalls nicht für mich. Wenn du stürzt, geht es schnell, mit sehr viel Wucht. Da wäre ich zu schwach gewesen, um dich aufzufangen. So bist du gefallen. Das sah ich kommen, konnte es abschätzen und war zur rechten Zeit an der rechten Stelle. Du hast meine Frage nicht beantwortet."

Damit war sie still.

Draußen fing es zu regnen an. Jo folgte den Wolken mit den Augen. Sie zogen schnell. »Also« dachte sie, »hört es auch bald zu regnen auf.« Nur schwerlich bekam sie Ruhe in ihre Gedanken.

»Zur rechten Zeit, zu schwach, Frage beantworten.« Fetzen des Gehörten kamen und gingen, ohne dass Jo einen Bezug dazu aufbauen konnte. »Zu schwach«, wiederholte sich häufiger als alles andere. Plötzlich kam ihr ein Duft in die Nase und sie wusste. „Ich bin im Krankenhaus", sagte sie mit Flüsterstimme. Tränen stiegen in ihr auf.

„Was ist mit mir?", flüsterte sie mit erstickender Stimme.

„Nichts, das nicht mit einigen Tagen Ruhe zu beheben wäre", kam es lapidar zurück. Es dauerte wieder etwas, bis Jo realisierte, was Joan zu ihr sagte. Zornig fuhr sie Joan an: „Kannst du dich nicht mal deutlicher ausdrücken. Ich bin im Moment nicht so fix, um dir zu folgen."

Jo versuchte das Gesicht Joans deutlicher zu sehen, was ihr abermals nicht gelang. Der wiederholte Versuch, den Kopf zu drehen, wurde mit Kopfschmerzen geahndet.

„Warum kommst du mir so vertraut vor, obwohl ich dich nicht kenne?", fragte Jo nach einer Weile wieder.

„Ich weiß es nicht", bekam sie zur Antwort. „Vielleicht liegt es daran, dass ich dich auffing und gehalten habe." Wieder trat Stille ein.

Jo spürte, wie sie gezogen wurde. Etwas in ihr wollte dieses Gefühl verstärken, das nach sich tiefer sinken lassen verlangte. Irgendeine andere Kraft stellte sich dagegen und wollte, dass sie wach blieb und bewusst. »Warum wehrst du dich«, fragte ihre eigene Stimme, oder war es die von Joan? »Zu schwach!«, hallte es in ihrem Innern.

Nach Langem gab sie endlich nach und ließ sich tiefer tragen. Sie fühlte, wie sich ihr Körper mehr und mehr entspannte und das vertraute Gefühl tiefer Trance stetig stärker wurde. Ihr Geist wurde wacher und klarer. Dann sah sie plötzlich, wie sie die letzten drei Stufen hinunterfiel, begleitet von einer kurzen Ohnmacht. Eine sehr helle Gestalt war, noch ehe sie auf der Erde aufschlug, bei ihr, und milderte dadurch ihren Fall. Joan, ging es ihr durch den Sinn.

Es sah aus, als würde Joan etwas rufen und sofort waren mehrere Menschen um sie herum, ein Krankenwagen kam und nahm sie auf. »Ohne Macht« kam ihr durch den Sinn. Genauso fühlte sie sich in den letzten Tagen. Es wollten keine neuen Bilder kommen, doch das störte Jo nicht, sie ließ sich treiben in einem Gefühl, in dem kein Wollen und kein Müssen, Priorität hatte.

Dann hörte sie wieder Joans Stimme, die eindringlich fragte: „Wann beginnst du, *du* zu sein, und dich zu leben?"

Sie wollte sich wehren und sagen, das tue sie bereits seit Jahren, aber da war etwas, das sie blockierte. Ein Bild tauchte unvermittelt auf, auf dem sie ihre Kinder sah, als sie noch klein waren. Vor ihnen und um sie herum bewegte sich eine Lichtgestalt. Dann sah sie auch den Vater ihrer Kinder, mit dem sie lange Jahre verheiratet gewesen war. Auch um ihn bewegte sich diese Lichtgestalt. Die Kinder wurden größer und auch die Gestalt nahm an Größe und Strahlkraft zu. Der Mann löste sich von der hellen Gestalt und es kamen andere Personen auf sie zu. Nicht immer konnte Jo erkennen, ob es Männer oder Frauen waren. Die Lichtgestalt nahm indessen stetig an Größe und Helligkeit zu. Jo sah auch, wie die Personen, die kamen, auch wieder gingen. Fast jede davon erschien leichter und heller als zu Anfang. Was Jo nicht erkennen konnte, war das Gesicht der Lichtgestalt.

Sie sah aber, dass sich etwas an ihr veränderte, Energie schien der Gestalt abgezogen zu werden. Dies veränderte sich schlagartig, als ein neues Lichtwesen, ein Mann, auftauchte.

Zuerst erschien es Jo, als bringe dieses männliche Wesen dunkle, mächtige Energien mit, die mit der Lichtgestalt kämpften. Doch mehr und mehr wurde es ruhiger und die Lichtgestalt erstrahlte wieder, wurde mächtig und schön. Beide Lichtgestalten verschmolzen zu einer.

Jo merkte nicht, dass Tränen über ihr Gesicht liefen. Zuerst war es nur ein unbestimmtes Gefühl gewesen, die beiden Wesen zu kennen, doch mit einem Mal wurde ihr klar, dass sie es selbst war und Simon, ihr Lebensgefährte.

Jo sah weiter, wie sich aus dieser einen perfekten Lichtgestalt wieder zwei formten, wie das Licht von Simon klarer und kräftiger wurde und wie sich die Schatten, die er mitgebracht hatte, immer mehr zurückzogen, bis keiner mehr vorhanden war. Jo wusste was die Schatten bei Simon waren, seine Angst vor dem Leben. Was sie weiter zu sehen bekam, stimmte sie nachdenklich. Schatten kamen auf sie zu, um von dem Licht zu partizipieren, und manche nährten sich davon recht lange. Dem Lichtwesen Jo schien das nichts auszumachen. Einmal allerdings, wurde es um dieses Wesen plötzlich dunkel und genauso schnell wieder hell. Nach diesem Zwischenfall schien Jo etwas geschwächt, doch kehrte die ursprüngliche Strahlkraft recht bald wieder zurück.

Simons Leuchten nahm ständig zu. In Jos Bild erschienen nun mehr von diesen seltsamen dunklen

Schatten, doch keiner konnte wirklich bleiben. Es erschien Jo, als würden die meisten sich in der Helligkeit ihrer Umgebung auflösen. Sie sah aber auch, dass sich einige wenige in ihrer und Simons Umgebung selbst zu wundervollen, mächtigen Wesen entwickelten. Mit einem Mal war es Jo, als würde die Lichtgestalt, die sie selbst war, schwanken.

Sie konnte sehen, wie sich diese Energiegestalt, gegen alle wehrte, die von ihr Energie abzogen. Erst jetzt erkannte sie, dass sie die ganze Zeit über mit all jenen in Verbindung gestanden war, die Energie und Licht brauchten, ihr aber nichts zurückgaben.

Das, was sie von Simon erhielt, reichte plötzlich nicht mehr und um Jo wurde es dunkel. Alle Energie war aufgebraucht.

Die Tränen liefen nun stärker und Jo wurde sich dessen langsam bewusst. Eine Hand trocknete mit einem Tuch ihr etwas das Gesicht ab und Jo blieb in Trance. Sie erschrak ein wenig, als eine feine Stimme sie ansprach und fragte: »Was willst du für dich?« Hatte sie so etwas Joan nicht schon mal gefragt?

Nein, sie erinnerte sich wieder, die wollte wissen, wann sie sich endlich lebt. »Ich dachte immer«, so ging es ihr durch den Kopf, »ich tue bereits nur Dinge, die mir Spaß bereiten, aber vielleicht reicht das noch nicht.«

„Was willst du für dich?", meldete sich die Stimme wieder. »Zu alleroberst glücklich sein«, kam ihr in den Sinn. »Oder hieß es zu allererst? Na egal«, dachte sie.

»Glücklich sein«, wiederholte Jo. »Glück, danach mit meinem Mann leben und arbeiten, was uns beiden

Freude bereitet. Daran gibt es keinen Zweifel. Mit Menschen zusammen kommen und zusammen sein, die genauso wie Simon und ich, weitergehen wollen.«

Jos Gedanken schweiften ab und in das vollkommene Dunkel fiel plötzlich ein sehr heller Lichtstrahl. In diesem Strahl entdeckte sie eine Lichtgestalt, aufrecht, selbstsicher, mächtig, liebevoll und selbstbewusst. Jo lächelte: »Ich weiß, dass ich so bin«, sagte sie zu sich, »nur vergesse ich es anscheinend immer wieder.«

Die Lichtgestalt lächelte ihr zu und sie schien zu sagen: »Ab sofort nicht mehr!« Wieder liefen Jo Tränen übers Gesicht. Danke flüsterte sie, danke.

Langsam konnte sie wieder ihre Augen öffnen. Sie sah hinter einem Schleier aus Tränen, Joan, die noch immer bei ihr am Bett saß. Auch diese lächelte. Jo blinzelte einige Male und wischte sich die Augen trocken. Ihr Blick glitt zum Fenster und hinauf zu dem wolkenverhangenen Himmel.

Just in dem Moment riss die Wolkendecke auf und ein Sonnenstrahl traf direkt die Augen ihrer Seele. Urplötzlich wusste sie, dass eine neue Zeit angebrochen war. »Ich will«, formten ihre Lippen, »das Leichte in mir leben lassen und mich jeden Tag lieben, so wie ich bin, bedingungslos. Ich werde nur auf die Stimme meines Herzens hören und jeglichen Zweifel ins Feuer werfen.«

Dann machte sie eine Pause. Die nachfolgenden Worte wollten nicht so leicht über ihre Lippen kommen. Doch begann genau in dem Moment ein Vogelkonzert, das so unbeschreiblich schön war und das zu unterstützen schien, was aus ihr heraus wollte. „Ich gebe mich ganz in die Hand meines Schöpfers und vertraue ihm und mir", hauchte Jo mit tränenschwerer Stimme. – Tränen der Erleichterung, der Freude und des Wissens.

Ein Klopfgeräusch erschreckte Jo und weckte sie auf. Sie war irritiert. Dort, wo das Klopfgeräusch herkam, war gerade eben noch der wolkenverhangene Himmel mit seinem Sonnenstrahl gewesen und jetzt befand sich dort eine Tür. Unwillkürlich ging ihr Blick zur anderen Seite ihres Bettes, aber da war nichts, noch nicht einmal ein Stuhl stand da. Nur ein Fenster mit strahlend blauem Himmel war zu sehen.

Jo drehte sich wieder zur Seite mit der Tür.

Simon trat ein. „Na, mein Engel", begrüßte er sie, „Flugstunde beendet?", und küsste sie sanft auf den Mund. „Was ist mit dir?", fragte er, denn er sah, dass Jo verwirrt drein blickte.

„Nichts weiter, als dass es nicht mit etwas Schlaf und einigen Tagen Ruhe behoben werden könnte", lächelte Jo. „Das Andere ist eine längere Geschichte."

≈≈≈

Ich bin wieder da!
von Ursula W Ziegler

Erwacht aus tiefem Schlaf,
erwacht zu neuem Leben,
ich bin wieder da.

Und dieses Mal werd' ich bestimmen,
wie es – mein Leben – gestaltet wird.

Zeit für mich, wird groß geschrieben.
Es mir gut gehen lassen ist das oberste Gebot.
Liebe leben, wird zu meiner Waffe,
doch stets zuerst für mich,
sonst hat keiner was von mir,
und am allerwenigsten

Ich.

Leben

Hoku sah die Gestalt neben sich eindringlich an. „Du hast mir immer noch nicht deinen Namen gesagt." Ihre Stimme klang gebrochen, vom Alter und ihrer Krankheit gezeichnet. Sie musste all ihre Kraft aufwenden, um energisch zu werden.

Der Mann neben ihr blieb lange still. Als er schließlich redete, schreckte Hoku hoch, sie musste wohl kurz eingenickt sein. „Eigentlich ist der Name Schall und Rauch. Heute bekannt und morgen vergessen. Wenn du willst, dann nenne mich Lani. Dieser Name fühlt sich gut an."

Hoku war irritiert. Sein Name war ihm unwichtig. Was das wohl für einer war? Lange überlegte sie, ob sie sich weiterhin mit ihm unterhalten sollte. Doch seine Gegenwart hatte etwas Beruhigendes, etwas das die innere Kälte zurückweichen ließ. Das ließ sie wanken. »Was habe ich schon zu befürchten?«, überlegte sie. »Ich bin alt und krank und wenn es zu Ende geht, ist es mir auch recht. Wenn er mir nur keine weiteren Schmerzen zufügt.«

Sie rekelte sich, soweit dies mit ihren steifen Gliedern noch ging. Es war schmerzhaft für sie und tat ihr gleichzeitig gut. In diesem kurzen Moment konnte sie sich fühlen.

„Du warst doch auch bei uns im Treck, der in den Westen floh", begann Hoku. Ihr Kopf nickte dabei leicht auf und ab.

„Hmm", hörte sie nur von der Seite. Sie verstand es als Zustimmung und fuhr fort: „Ich kann mich nicht mehr richtig daran erinnern, ich war noch zu jung. Ich weiß alles nur durch die Erzählungen meiner Eltern und Geschwister, die allesamt älter sind als ich."

„Durch die Brille eines Anderen zu blicken, verdirbt die eigene Sicht enorm", warf Lani ein.

„Aber ich habe es doch auch gefühlt, was den anderen zugestoßen ist, welche Ängste sie ausgestanden haben und dergleichen mehr", begehrte Hoku auf.

„Mag sein", erwiderte Lani, „Tatsache ist jedoch, dass es nicht dein Erleben war und es auch nicht deine Ängste waren. Du warst noch jung und hast alles aus den Augen eines neugierigen Kindes gesehen. Später, als die anderen etwas hatten, was du nicht hattest, wurde es auch zu deinen Erinnerungen und zu deinen Gefühlen. So warst du in deinen Augen kein Außenseiter mehr."

Hoku dachte nach. Was ihr Lani da sagte, wog schwer. Das sollten nicht ihre eigenen Gefühle gewesen sein? Das, was sie von den anderen wahrgenommen hatte, sollte nicht stimmen? Sie fragte nach und Lani erklärte ihr: „Du hast es als Spaß angesehen. Ständig hattest du neue Spielkameraden um dich, die mit dir scherzten, von denen du manch nettes Wort hörtest und die dir das eine oder andere auch zusteckten. Was du mit dir trägst, ist das Gefühl der anderen. Und auch deren Gefühle wurden mit den Jahren verfärbt. Vieles war nicht so, wie sie es schilderten. Sie haben es nur so empfunden."

Lange Zeit herrschte tiefes Schweigen zwischen beiden. „Ich war doch bei verschiedenen Therapeuten und jeder sagte, dass es so gewesen ist, wie ich es aufgenommen habe. So viele können sich nicht irren. Vielmehr denke ich, dass dein Gedächtnis dir einen Streich spielt."

„Mein Gedächtnis ist vollkommen und rein!"

Wieder war Hoku verwirrt. Sein Gedächtnis war vollkommen und rein? Was das wohl wieder hieß? Sie war jedoch zu aufgewühlt, um näher darauf einzugehen. Viel lieber wollte sie von all den Dingen erzählen, die ihr noch auf dem Herzen lagen. Deshalb wechselte sie das Thema und meinte: „Ich konnte unzählige Male in meinem Leben verreisen und habe dabei viel erlebt. Ich war an heiligen Stätten und Tempeln und manch mystisches Erlebnis prägte dadurch meinen Tag. So erlebte ich mich als Königin in Ägypten, als Tempelpriesterin in Griechenland, als Indianerin ... ."

Lani unterbrach sie: „Das wenigste davon warst du. Du verwechselst die Ebenen."

„Wie soll das denn gehen?", begehrte Hoku erneut auf. „Ich habe es doch genauso empfunden!"

„Du weiltest in den Mauern geschichtsträchtiger Stätten, das ist richtig. Doch du vergisst, dass du sehr emphatisch bist. Das heißt", er nahm ihren Einwand vorweg, „du fühlst und siehst, was in den alten Mauern stattgefunden hat und interpretierst es als dein Erleben vor Jahrhunderten oder Jahrtausenden."

Eine kleine Träne suchte sich ihren Weg und Hoku wurde sehr traurig. „Dann war ich niemals eine Pharaonin?", fragte sie leise.

„So ist es."

„Dann war ich in all den Leben hier auf der Erde wohl auch niemals wichtig?"

„Hätte es dich nicht gegeben, würde ein wichtiger Stein des Lebens fehlen."

„Ach, ich war so glücklich in der Vorstellung, eine Königin und Priesterin zu sein."

„Tempeldienerin warst du sehr wohl mit einer ganzen Menge anderer Frauen auch."

Hoku überlegte kurz. „War Nolchu auch dabei?"

„Ja", sagte Lani.

Hoku atmete erleichtert auf. Zumindest das hatte sie sich nicht eingebildet. „Dieses Weib machte mir damals schon das Leben schwer. Sie bekam alles viel leichter als ich. Und heute ist sie wieder in meiner Nähe. Ich bin froh, wenn ich sie nicht mehr sehen muss. Alles, was ich wollte, hat sie bekommen. Selbst den Mann hat sie mir nicht gegönnt."

„Deine Sicht ist total verstellt!"

„Verdammt noch mal", schimpfte Hoku. „Warum bin immer ich es, deren Sicht verstellt ist? Warum tragen die anderen keine Schuld?"

Lani sah sie mit hochgezogenen Augenbrauen an. „Schuld", sagte er leise, „gibt es nicht!"

Hoku schrie auf. Sie wollte dieses Gerede nicht mehr hören: „Was gibt es dann? Sind denn die anderen nicht für das verantwortlich, was sie mir angetan haben? Selbst der Mann, der mich betrogen hat, kommt dann wohl ungeschoren davon. Muss immer ich auf der Schattenseite des Lebens stehen?"

Lange sagte Lani nichts. Er wartete geduldig, bis Hoku sich wieder beruhigt hatte. „Das Leben ist ein gerechter Dienstherr", meinte er schließlich. „Du hast gewählt und hast bekommen."

„Nein", hauchte Hoku, „niemals habe ich Leid gewählt und seelische Pein."

„Was ist mit deiner Minderwertigkeit?", fragte er. „Ist dir bewusst, wie stark dieses Gefühl dein Leben geprägt hat?"

Hoku starrte vor sich hin. Die Obstbäume im Garten trugen die ersten reifen Früchte. Große rotbackige Äpfel leuchteten im Licht des Tages. Doch es war ihr gleich. Sie saß da wie eine, die mit dem Leben abgeschlossen hatte, in sich gekehrt, teilnahmslos. »Ja ja, die Minderwertigkeit«, ging es ihr durch den Sinn. »Die ganze Familie litt darunter und die Mutter ganz besonders.« Nach einer kleinen Ewigkeit meinte sie endlich: „Du denkst also, dass mein Minderwertigkeitsgefühl mein Leben prägte?"

„Nein, das denke ich nicht. Das ist so!"
Diese Überheblichkeit ging Hoku gegen den Strich. Sie bemühte sich gelassen zu bleiben, was ihr jedoch nur bedingt gelang.

Lani fuhr indes fort: „Du hast selbst immer wieder gepredigt, dass die Gedanken die Welt erschaffen. Meinst du, du bist davon ausgenommen? Deine Gedanken über dich und über dein Umfeld gestalteten dein Leben, so wie es war und wie es ist. Ob es dir bewusst ist oder nicht. Dazu kommt jedoch, dass deine Gefühle reine Schöpferenergie darstellen. Wenn du dich schlecht fühlst, wie soll dann etwas Gutes kommen? Wenn du dich selbst betrügst, wie soll dann Treue in deinem Leben Bestand haben? Ich sage dir nichts Neues damit nur, dass du deine Brille putzen musst, um besser zu sehen, was wirklich ist."

Dieser Lani wurde Hoku allmählich unheimlich. »Naja«, dachte sie sich, »jedenfalls habe ich mir diese eingebildete Nolchu nicht eingeredet.« Doch es wurmte sie auch, dass Lani nicht auf diese Person eingehen wollte. Um die aufkommende Stille zu unterbrechen, fragte sie: „Was ist jetzt mit Nolchu? Wieso bekam sie alles und ich nichts?"

Wieder wartete Lani lange mit einer Antwort, was Hoku sichtlich ärgerte. Doch er ließ sich nicht aus der Ruhe bringen. Nach einer ganzen Weile meinte er schließlich: „Sie hat dir gezeigt wie es geht, reichte dir mehr als einmal die Hand und du hast mit Eifersucht und Neid reagiert. Sie hatte es jedes Mal gemerkt und war dir dennoch nicht Gram. Du wolltest dasselbe wie sie, aber nicht das tun, was sie tat. Meist hast du dir alles so zurecht geredet, dass es dir passte, aber nicht den Tatsachen entsprach. Du fandest immer eine passende Ausrede für dich.

Wie oft hast du dich über sie gestellt und gedacht, du bist wesentlich weiter als sie? Was willst du noch wissen?"

Hoku war sprachlos. Was Lani über sie sagte, traf den Nagel auf den Kopf, wahrhaben wollte sie es jedoch nicht. „Was erdreistest du dich, so über mich zu sprechen?", begehrte sie auf.

„Ich rede so, weil du mich gefragt hast und weil es an der Zeit ist, bevor ... ." Er hielt inne, um zu überlegen, führte jedoch seine Rede nicht zu Ende.

Hoku war betroffen und verärgert. So hatte noch nie jemand zu ihr gesprochen.

„Was den Mann betrifft, der dich betrogen hat", fuhr Lani schließlich fort, Hoku zuckte dabei innerlich zusammen, „wie lange hast du an ihm festgehalten und nicht einsehen wollen, dass er genau so leben musste, um dir zu zeigen, dass du dein Frauen- und Männerbild verändern musst. Ja sogar den Umgang damit. Den Umgang mit dem Mann und der Frau. Hast du es einsehen wollen, wenn es dir jemand näherbrachte? Nein! Du hast so lange geredet, bis du es zerredet hattest und es dir wieder taugte. Deine Brille ist nicht sauber, das ist bereits alles!"

Hoku hatte Tränen in den Augen. Das war ein Thema, das auch nach fünfunddreißig Jahren noch nicht verarbeitet war und schmerzte.

„Wie viele deiner Freunde wolltest du umerziehen, sodass sie nach dem lebten, was du vorgabst oder als richtig erachtetest?"

Dass Lani so unvermittelt weitersprach, erschreckte Hoku und machte sie allmählich wütend. Was erlaubte er sich?

„Nach wie vielen der Ratschläge, die du anderen gegeben hast, hast du gelebt? Du scheust die Tat!" Wieder so ein Faustschlag in die Magengrube. Zu der Wut gesellte sich Übelkeit.

„Das Außen war dir stets wichtiger als das Innen."

„Es reicht!", unterbrach ihn Hoku wütend. „So darf keiner mit mir sprechen. Ich habe getan, was ich konnte! Dass du jetzt alte Sünden auskramst und sie auch noch verdrehst, geht zu weit!"

Eine merkwürdige Stille entstand.

Lani überlegte, ob er ihr sagen sollte, wer er in Wirklichkeit war und in Hoku tobte ein Kampf.

Sie wusste, dass Lani in vielen, wenn nicht sogar in allen Punkten recht hatte. Doch sie wollte es sich nicht eingestehen. Ganz tief in sich wusste sie wohl, dass sie Viele dazu bekehren wollte, ihre Meinung und Auffassung zu übernehmen. In der gleichen Tiefe wusste sie auch, dass sie sehr oft von Neid und Eifersucht geplagt wurde, weil Freundinnen es ihrer Meinung nach so viel leichter hatten als sie. Diesen ging es zudem mit den Jahren immer besser als ihr, was weiteren Neid erzeugte. Sie wusste auch, dass sie es verstand, die Umstände immer wieder so zurechtzubiegen, dass sie als die Gute und Große dastand, die Wissen und Weisheit besaß.

Dass die anderen ihr eigenes Wissen und ihre Weisheit in die Tat umsetzten, war für sie trivial. Sie strebte nach Höherem, nach der Einheit, nach Vollkommenheit, danach, gottgleich zu sein, nicht mehr den Strapazen des alltäglichen Lebens ausgesetzt zu sein. Sie war die Große und Gute, die verwöhnt und umsorgt werden musste. Sie wollte sich nicht mit Banalem auseinandersetzen und schon gar nicht in die Tiefe der eigenen Emotionen hinabsteigen wie manche ihrer Freundinnen es taten. Nolchu war so eine davon.

Insgeheim wusste Hoku, dass sie Nolchus Offenheit und Gutmütigkeit oft ausnutzte. Sie profitierte von deren Wissen immens und davon, dass diese nicht oft widersprach. Zurück gab sie ihr nicht viel. »Die hat ja bereits alles«, dachte sie sich.

Nur ungern gestand sie sich ein, dass Nolchu ihr überlegen war, ohne dass diese es ihr gegenüber jemals zum Ausdruck gebracht hätte.

Um von ihrem gewaltigem Wissen zu profitieren, hatte sie sich sogar erniedrigt und nach einem gewaltigen Streit wieder bei Nolchu gemeldet. Zudem konnte sie so auch im Stillen kontrollieren, wie weit Nolchu in ihrer Entwicklung war. Nie hatte sie Nolchu in ihr Inneres blicken lassen. Geschickt konnte sie ihr immer wieder ausweichen. Diesen Triumph wollte sie ihr auch nicht gönnen. Dass Nolchu dennoch in sie sehen konnte, wusste sie geschickt zu verdrängen.

»Ich glaube«, ging es ihr durch den Sinn, »sie war der einzige Mensch, der mich sah, wie ich bin und mich nicht verurteilte.« Dass dies wahre Größe war, wollte sie im Moment nicht hören. Auch von ihrer inneren Stimme nicht.

Seit sie Nolchu kannte, lebte diese schon immer das, was sie sagte. Und genau das störte Hoku an ihr. Doch bald würde ihr Leben zu Ende gehen, dann wäre auch dieses Kapitel vorbei.

„Du siehst schon wieder nicht hin." Lani unterbrach ihren Gedankengang abrupt.

„Warum hältst du immer zu diesem Weib? Ich hatte es im Leben schwer! Ich hatte keinen Kontakt zu meiner Mutter! Ich wurde vom Vater nicht gesehen! Und du sagst, ich sehe nicht richtig hin!"

„Vielen Millionen erging es wie dir. Auch sie können von sich sagen, dass der Kontakt zu den Eltern nicht gut war. Nolchu wurde sogar von ihrem Vater missbraucht. Doch sage mir bitte, konntest du deine Mutter so lassen, wie sie war oder hast du immer wieder versucht sie umzuerziehen?"

„Dazu sage ich nichts!", schrie Hoku zurück. Sie war aufgewühlt, verletzt, zornig und traurig, ein undurchdringliches Dickicht an Gefühlen tobte in ihr.

„Zudem bin ich nicht eine von Millionen!", schrie sie aufgebracht weiter. „Ich bin ich und ich weiß was ich alles erlebt habe!"

„Deine Sicht trieft vor Schuldzuweisungen."

Mit all ihrer Kraft packte sie Lani und wollte ihn schütteln. Doch sie erschrak bis ins Mark. Lani fühlte sich eiskalt an, hohl, unwirklich. Erst jetzt sah sie sich ihn genauer an. Was sie wahrnahm, erschütterte sie noch mehr. Mit untrüglicher Sicherheit wusste sie, dass sie Seite an Seite mit dem Tod saß.

Sie brauchte eine Weile, um sich wieder zu beruhigen. Schließlich sagte sie resigniert: „Warum quälst du mich? Warum nimmst du mich nicht gleich mit dir mit?"

„So viel Macht besitze ich nicht, um dich zu quälen. Das tust du schon selbst", bekam sie als Antwort. Gerne hätte sie widersprochen, doch sie fühlte sich zu schwach, um aufzubegehren.

„Ich bin hier, um dich wachzurütteln. Du hast noch eine Aufgabe zu erfüllen. Geschieht dies nicht, ist es nicht weiter tragisch", fuhr Lani unbeirrt fort. „Du kannst dich entscheiden, eine Ehrenrunde zu absolvieren und noch einmal auf die Erde kommen oder du betreust auf einer anderen Ebene solche wie dich." Er machte eine kleine Pause, stand auf und lief zu einem der Apfelbäume. Die Sonne ließ ihre letzten Strahlen genau in diesem Moment auf einen ganz besonders großen Apfel fallen. Lani pflückte ihn und ging mit ihm zurück.

„Dein Name bedeutet Stern und deine Aufgabe im Hier und Jetzt ist es, zu transformieren. Aber nicht nur im Geist, sondern im besonderen Maße auf der realen Erdenebene. Dies ist vielleicht der schwierigste Teil von allem. Du hast die Fähigkeit, von ganz unten nach ganz oben zu gelangen und dies auf jeder Ebene. Meist hieltest du dich nur in deiner Gedankenwelt auf. Dort kann wohl einiges verändert werden, aber dann *muss* es in die Wirklichkeit der Erde gebracht werden. Neue Welten, die du via Geist erschließt, *müssen* auf der Ebene der Erde sichtbar werden. Nicht irgendwann sondern *jetzt*!

Dazu musst du jedoch aktiv werden, das kann dir niemand abnehmen. In der Vergangenheit hast du allerdings genau auf diesen Punkt verzichtet. Aber er will von dir erfahren und gelebt werden. Alle die, die genau danach gelebt haben, hast du gerne von oben betrachtet. Sieh dir ihr Leben an. Nicht die Einzelheiten, die nicht für dich bestimmt sind, sondern das Ganze und was sie daraus gemacht haben.

Dein Leben entlässt dich nicht aus deiner Aufgabe. Unerbittlich zeigt es dir, wo es klemmt, aber du denkst nicht daran, deine Brille zu putzen."

Hoku setzte ihre Brille endlich ab. Sie war ihr bereits seit geraumer Zeit zu viel. Nur verschwommen nahm sie in einiger Entfernung die Umrisse der Bäume wahr. Lani legte ihr den Apfel in die Hand.

„Seit Urzeiten ist diese Frucht das Sinnbild für Leben und Liebe. Ich gebe dir dein Leben noch einmal in die Hand. Du bestimmst, wie lange es währt und was daraus wird. Überwinde deine Angst vor dem Leben. Putze den Spiegel deines Lebens regelmäßig und sieh hinein. Du wirst jedes Mal erkennen, was zu korrigieren ist. Dein Leben gab und gibt dir *immer alles*, was du willst. Doch nicht deine Gedanken entscheiden, sondern dein Gefühl. Dies habe ich dir bereits gesagt. Also überlege sorgfältig und lebe endlich das, was du bist!"

Das aufkommende Schweigen währte lange. Hoku konnte sich nicht mehr erinnern, wann Lani gegangen war oder ob das überhaupt der Fall gewesen war. Mit schweren Schritten schlich sie ins Haus zurück, den Apfel in der Hand. Gedankenverloren sah sie ihn lange an. Plötzlich biss sie so kraftvoll, wie sie es vermochte, in ihn hinein. Sie wollte leben und wenn es noch so weh tat. Frischer Saft lief ihr die Wange hinunter, es störte sie nicht. Freudig verspeiste sie dieses Kraftpaket an Leben voll und ganz.

≈≈≈

Der Wecker klingelte zum wiederholten Male. Allmählich störte die Lautstärke. Hoku drehte sich umständlich zur Seite, um den Lichtschalter zu bedienen. „Ein weiterer Tag ohne wirklichen Inhalt beginnt", murmelte sie schlaftrunken.

Schwerfällig schälte sie sich aus dem Bett. Wie jeden Tag taten ihr morgens alle Gelenke weh. Zum Arzt gehen wollte sie nicht. Sie hielt nicht allzu viel davon. »Der kann mir sowieso nicht helfen«, war ihr immer wiederkehrendes Argument. In den letzten Jahren wurde sie immer unbeweglicher und sie fand auch stets eine Erklärung dafür, warum dies so war. Sie fand auch eine Entschuldigung dafür, nicht wirklich etwas für ihre Bewegung tun zu müssen. Ihre Freundin meinte wohl vor Kurzem, dass Unbeweglichkeit im Geist sich auch im Körper ausdrücke, aber das ließ sie für sich nicht gelten. Es war ja nur die Morgensteifigkeit, wie sie viele in ihrem Alter hatten.

Heute fiel das Aufstehen jedoch besonders schwer. Es fühlte sich für sie an, als hätte sie die ganze Nacht durchgearbeitet. Auf dem Weg zur Toilette blieb ihr Blick an etwas, das auf dem Tisch lag, hängen. Krampfhaft überlegte sie, was dies wohl sein könne. Sie wusste genau, dass sie am Vorabend den kompletten Tisch abgeräumt hatte. Umso überraschter war sie, als sie hernach die Reste eines Apfels auf dem Esstisch wiederfand.

Mit unerwarteter Deutlichkeit trat plötzlich das Erlebte der Nacht wieder in ihr Bewusstsein. War es real oder nur ein Traum?

Die Reste des Apfels sprachen jedoch eine eindeutige Sprache.

Ungefiltert durchlebte sie noch einmal die Begegnung mit Lani. Danach begann sie hemmungslos zu weinen. Und sie weinte lange, sehr lange. Es waren Tränen des Selbstmitleids, der Wut, des Zorns und der Ohnmacht. Es waren Tränen des Frustest und der Freude, des Erkennens und der Vergebung. Tränen des

Alleinseins, des Überflusses und der Liebe zu allem was ist. Im Besonderen der Liebe, die zu ihr in dem Moment der Schwäche floss. Ein Gefühl, das man wohl als himmlisch einstufen konnte. Zum ersten Mal in ihrem Leben konnte sie sich wirklich einer solchen Erfahrung hingeben. Das war für sie neu! Sie fühlte sich als Frau auf eine neue, unbekannte und doch vertraute Art und Weise.

≈≈≈

Einige Monate später sah Hoku, wie jeden Morgen nach dem Aufstehen nach, ob sich in der Erde des Blumentopfes etwas geregt hatte. Zu ihrer großen Freude zeigte sich just am Tag ihres Geburtstages das erste zarte Grün. Vor Freude und Dankbarkeit liefen ihr dicke Tränen über das Gesicht.

Die Kerne des Apfels aus jener mysteriösen Nacht hatte sie in Erde gelegt und gehofft, dass sie sich entfalten und neues Leben hervorbringen würden. Es war ihr fürs Erste gelungen. Es war für sie auch ein Zeichen dafür, dass ihre Anstrengungen Früchte trugen. Ihr Leben hatte sich nach jener eigenartigen Begegnung mit Lani langsam aber stetig verändert. So sollte es auch weitergehen. Das neue Leben, das nun im Blumentopf entstand, sollte für sie eine Art Barometer werden, wie weit ihre Transformation voranging. Sie wollte behutsam mit dem neuen Bäumchen und mit sich umgehen. Die Gedanken an Lani unterstützten sie dabei.

Ein ganz anderes, wundervolles Leben begann.

≈≈≈

Du darfst sein
von Ursula W Ziegler

Du darfst sein,

so zart, wie der Kuss eines Engels,
so betörend, wie der Duft einer Rose,
so weich, wie der Flaum junger Vögel,
so leicht, wie der Flügelschlag des Adlers,
so kraftvoll, wie der Wind, der zum Sturm oder
gar Orkan wird.

So zielstrebig, wie der Wolf, der einer Fährte folgt,
so hellwach, wie der junge Tag,
so gut und so schlecht, wie nur du bist,
so verhüllt, wie die Nacht ohne Mond und Sterne,
so undurchsichtig, wie der Nebel am Fluss,
so stark, wie der Flügelschlag
eines Schmetterlings.

So gleichbleibend, wie die Sonne,
die täglich ihre Bahn zieht,
so unbeständig, wie das Wetter im April,
so unberechenbar, wie die Lottozahlen am
Samstagabend.

Du darfst sein, wie du als Mensch bist –
einfach Du!

BEDEUTUNG
DER VERWENDETEN NAMEN

Namen sind etwas sehr Persönliches und sagen über ihren Träger sehr viel aus. Hin und wieder geschieht es, dass der Name, den man bei seiner Geburt bekam, „ausgedient" hat und man einen neuen wählen soll. Es kann geschehen, dass er einem durch eine andere Person gegeben wird (Meister, Schamane, o.ä.), dass man von ihm träumt, ihn bei oder durch eine Rückführung erhält, oder dass man ihn sich selbst sehr bewusst aussucht, weil man fühlt und weiß, die alte Zeit ist vorbei. Doch zuvor sollte man die Botschaft seines Namens und sich erst einmal *leben*.

Die Figuren in meinen Geschichten haben Namen, die zu ihren Charaktereigenschaften passen. Vergleichen Sie selbst.

Adam	Hebräisch	Mensch der Erde
Ayasha	Arabisch	Leben
Baldur	Germanisch	Kraft, mutig, wehrhaft
Beate	Latein	Die Glückliche
Bell (Elisabeth)	Hebräisch	Die Schöne
Bo	Dänisch/Schwed.	Der Sesshafte
Coco	Latein	Die Standhafte
Elisabeth(a)	Hebräisch	Gott ist vollkommen
Falk	Germanisch	Falke

Frank	Althochdeutsch	Der Freie
Gina (Regina)	Latein	Die Regentin, Königin
Hoku (weiblich)	Hawaiianisch	Stern
Kai	Friesisch/ Dänisch	Rein (nach Katharina)
Lani	Hawaiianisch	Himmel
Lucie	Latein	Die Leuchtende
Lucius	Latein	Der Lichte, der Glänzende
Michael	Hebräisch	Wer ist wie Gott
Myra	Latein	Bewundern
Nolchu	Indianisch	Sonne

ANFASSBARE SPIRITUALITÄT

ZEIT NEUE WEGE ZU GEHEN

Ursula W Ziegler und Jan-Christoph Ziegler greifen für ihre Workshops, Seminare und Kurse die Themen auf, die ihnen am Herzen liegen, die ihnen Spaß machen und wichtig erscheinen.

Sie vermitteln keine „heilbringende Botschaften".
Sie bieten Klarheit und Orientierung und vermitteln ein holistisches, allumfassendes, Bild des Lebens. Sie arbeiten auf der Grundlage „Hilfe zur Selbsthilfe".

Zusammenfassend kann man ihre Arbeit als *Anfassbare Spiritualität* bezeichnen. Schwerpunkt hierbei ist die Eigen-Arbeit und Selbst-Erkenntnis.

„Das was den Menschen, die diesen Weg gehen, begegnet sind Veränderungen und sich öffnende Türen, die zu einem glücklichen, erfüllten Leben führen. – Wenn Sie wollen, wenn Du willst." – so Ursula W & Jan-Christoph Ziegler.

Weiterführende Informationen über Seminare und Workshops, Neuerscheinungen von Büchern sowie eine große Sammlung an bereitgestellten *Inspirationen* finden Sie im Internet unter

juZiegler.de
juZiegler.de/newsletter

Bücher leben auf beim Lesen ...
und ganz besonders durch das
Weiterempfehlen.

Herzlichen Dank!

BIBLIOGRAPHIE

Alle Bücher von Ursula W Ziegler und Jan-Christoph Ziegler erhalten Sie bei Ihrem Buchhändler, im Onlinehandel und *autorenfreundlich* über die Webseite juZiegler.de.

Sie sind als **gedrucktes Buch** in folgenden Ländern erhältlich: Deutschland, Österreich, Schweiz, sowie deutschsprachig aktuell ebenfalls in Großbritannien, Kanada, USA, Australien, Brasilien, Indien, China und Südkorea – sowie **weltweit** als **E-Book**.

Ausführliche Leseproben finden Sie auf der **Webseite** **juZiegler.de** in der Rubrik *Bücher*.

ROMANREIHE
SPRECHENDE STEINE

Inspiration für eine wedische Lebensweise

2004 begannen Steine, die Ursula W Ziegler aus verschiedenen Ländern und Kontinenten mitgebracht wurden, mit ihr zu sprechen. Es hat seine Zeit gedauert, bis sie sich ganz auf diese Erfahrung einlassen konnte. Hieraus entstand diese Romanreihe.

REISE DURCH VERGANGENE ZUKUNFT
Buch 1

DIE AUFERSTEHUNG DER DREIZEHN
Buch 2

MARSIMPAKT
Buch 3

KECHEM NA MA PARIMKÁ - Nichts ist für immer verloren
Buch 4

GESCHICHTEN, DIE DEIN HERZ BERÜHREN

Geschichten, die das Leben schreibt – tiefgründig, inspirierend.

MAYA – In Harmonie mit den Zwischenwelten

ZACHARIAS – Auf dem Rücken des Mannes

SURA – Bis an den Rand des Seins

AYASHA – Geschichten & Gedichte – Sammlung

LIEBE GELINGT!

So verschieden wie die Bücher sind die Gefühle, die angesprochen werden – ein Potpourri ganz unterschiedlicher Art: Gespräche mit Vertreten der geistigen Welt bringen vieles, was das Leben betrifft voller Liebe und Einfühlungsvermögen auf den Punkt. Die Auseinandersetzung mit dem eigenen Leben, den eigenen mentalen Fähigkeiten und den Töchtern ergänzen das Ganze. – Immer obsiegt die Liebe.

GOTTESBEWUSSTSEIN – DIE HOHE KUNST DER MAGIE
Gespräche mit Erique

KRIEGER DER LIEBE
Dein Leben, als Liebe gedacht

SOPHIA UND NAMID
Liebe gelingt!

MEDIAL BEGABT – VOLL NORMAL
Akzeptieren fällt nicht leicht

TREFFPUNKT ZWISCHEN DEN WELTEN
Weit weg, Warum, Wohin

STARKE WEICHE FRAU
Briefe an meine Töchter

P A R A B E L N

Witzige, tiefgründige Episoden zweier Rabenfreunde.

Ursula W und Jan-Christoph Ziegler lebten für einige Jahre im südhessischen Odenwald und in Schleswig-Holstein. Im sagenumwobenen „Odinswald", sowie im hohen Norden wurde Ursula regelmäßig von Raben begleitet. Während dieser Zeit entstanden die Abenteuer von Konrad und Albrecht.

KONRAD UND ALBRECHT
Tote Katze zum Mittag

KONRAD UND ALBRECHT
Fast frischer Fisch – Ab nach Hause!